私を忘れたはずの王子様に
身分差溺愛されています

王都より南方へ、馬で三日ほどかかる土地一帯を治めるハプスグラネダ伯爵家の朝は、優雅な小鳥の囀《さえず》りではじまる――などと言ったことはなく。

「コォケコッコォォォォー！」

暦の上では春を迎えても未だ冬の気配を残して凛とする空気を引き裂くような鶏の鳴き声を受け、アリシアはゆっくりと榛《はしばみ》色の目を開けた。

身体を包む掛け布は薄手で何の飾り気もないけれど、肌触りはこれ以上ないほど滑らかな絹で、中には良質な水鳥の羽毛をたくさん詰めている。雛を守る母鳥にも似た柔らかさに包まれる中、何度も瞬きを繰り返して薄暗い周辺に目を慣らして行った。

今日も目覚め自体は悪くない。

やがて見慣れた部屋の風景が確かな形を持って見えはじめて来ると、両腕を大きく伸ばしてひんやりとした空気を胸いっぱいに吸い込んだ。

今度は静かに吐き出しながら身体の内側から目を覚まし、ようやく上半身を起こす。自らの体温を含んで心地よい暖かさを帯びた寝具への未練を断ち切るよう、軽く首を左右に振ってベッドから出る。横に置いてあるお気に入りの靴を履き、大きく息を吐いた。

「さ、今日も一日頑張らなくちゃ」

アリシアは独り言《ご》ち、また伸びをする。

素朴なワンピースに着替え、寝ている間にほつれた三つ編みを緩く編み直した。それから南側に面した大きな窓に向かうと白いカーテンを勢いよく引き、窓を開け放つ。

さすがに雄鶏が朝を告げる時間帯だけあって、外の景色はまだほのかな夜色に染まっている。東の空には太陽が昇りはじめているのが見えた。この様子なら今日も良い天気になりそうだ。

身体が冷え切ってしまう前に窓を閉め、頬を軽くはたいて自らに気合いを入れる。

出掛ける前に布団を干して行こう。

そんなことを考えながら部屋を出た。


一階に降りると寝起きの身体でも食欲を刺激される良い匂いが漂って来る。

焼きたてのパンの香ばしい香りと、トマトを中心に野菜をハーブで煮込んでいる香りだ。

「おはようアリシア。今日も早いわね」

誘われるままキッチンへ行けば、一人で朝食の準備をしていた母がアリシアの姿に気がついた。

「おはよう、お母さん」

朝の陽ざしさながらに明るい笑顔で声をかけられ、アリシアも笑みを浮かべて挨拶を返す。テーブルの上に置かれた水差しとグラスを取って水を注いで口をつけると、その冷たさに身体の中から目が覚めて行くようだった。

「やっと花が咲いたし、実が生るのが待ち遠しくって」

「頑張るのはいいけど無理はしすぎないようにね」

「うん」

アリシアは今、庭の隅に建てられた小さな温室で苺を育てている。早起きをしているのも苺の世話をする為だ。

温室ではかつて、三歳年上の兄がトマトを植えていた。それを手狭になったからと譲り受け、トマトの代わりに苺の苗を植えたのはアリシアが高等学部に上がる前だ。

好きな作物を好きなように育ててみるという、自給自足を尊ぶハプスグラネダ家ならではの教育方針である。

基本的には自分の力だけで試行錯誤しながら育てている苺も、早いもので今年でもう四年目だ。数日前にやっと白く可愛らしい花が咲きはじめたばかりで、今のところは何の問題も見当たらない。今回も順調に成長しているようだった。

そして苺の栽培をするにあたって、これまでより二時間ほど早起きするようになったアリシアを、母は毎朝心配している。

とは言え起こしに来たことは未だに一度もないから、早起き自体に関しては信用してくれているらしい。

「お母さん今年は苺のタルトが食べたいわ」

「あ、いいな！　私も食べたい！」

料理の手を止めないままに出された母の提案にアリシアは頷いた。

大粒で甘酸っぱい自慢の苺をぎっしりと並べたタルトは、どう考えたっておいしいに決まっている。

こんがりと焼けたタルト台に行儀よく収まった真っ赤な果実の宝石が燦然と輝く姿を想像し、ふと思い立ったようにつけくわえた。

「どうせ食べきれなくてジャムや蜂蜜酒漬けにするし、タルト台とカスタードクリームを多めに作ってお裾分けしようかな」

最初のうちは、不慣れな為に試行錯誤の連続で苗を上手く育てられなかった。実が生ったとしても小ぶりだったり酸っぱいだけだったりしたものだ。

それが去年は初めて、たくさんの果実を満足の行く状態で収穫できた。

でも、とても嬉しい反面、それはそれで新たな問題が発生してしまった。小さな温室での栽培とは言え、果実のままおいしく食べるにも量に限度がある。半分以上はジャムや蜂蜜酒漬けに加工せざるをえなかったのだ。

「あら、素敵ね。みんなもきっと喜ぶわ」

「じゃあ今年もおいしい苺をたくさん作らないと」

花が咲いたからと言って、ぼんやりと見ているだけでは果実は生らない。屋外に自生している植物とは違い温室の中なのだ。実が生る為の受粉作業をする必要がある。それにはミツバチを使うから、父か兄に手伝ってもらうつもりだった。

「大変なら無理しないで数を減らすことも視野に入れていいのよ」

「うん。でも楽しいから大丈夫。家で食べきるのに付き合わせちゃうのは申し訳ないけど……」

母の言うように、苗の数を減らすことも何度か視野に入れてはいた。数が多くて大変に思うのは、栽培そのものではなくておいしく食べることだからだ。けれど今はジャムや蜂蜜酒漬けにすることで何とかなっているし、結局そのままの状態を維持していた。

「アリシアが苦にしてないなら好きになさい。ジェームズも、トマト作りに入れ込みすぎて今では特産品の一つにまでしたし」

「ありがとう、お母さん」

兄ジェームズが育てた大量のトマトを手を変え品を変え、必死になって消化していた日々を思い出して、アリシアは母と顔を見合わせて笑う。

ハプスグラネダ領を支える収入源は、兄が成人するまでは大きく分けて二つだった。

一つはアリシアの父を中心とした男手による酪農及び、牛の乳を用いたバターやチーズと言った乳製品の製造であり、もう一つはアリシアの母を中心とした女手による養蚕及び絹織物だ。

そこにトマトの栽培からノウハウと独自の改良を加え、新しく一大産業の仲間入りを果たしたのが、兄がまとめる比較的若い男手による農作物と果実酒作りである。

これらは皆、数こそ少ないがその分の品質は国内外問わず高く評価されており、物によっては半年以上先まで予約分の生産予定が埋まっていた。

領主夫妻も跡継ぎも領民に交じってよく働く中で一人娘たるアリシアはと言えば、この春に高等部を卒業して間もない身だった。

今は苺の栽培をしながら、色々と自分に合うものを模索しているところだ。

「やっぱりアリシアのお婿さんになってくれる人は、一緒に苺を育ててくれる人がいいわねえ」

水を飲み終わった後で良かった。

母の言葉に一瞬、息が詰まりかける。何度も咳払いをして息を整えると口を開いた。

「お婿さんだなんて、まだ気が早すぎない？」

「そうかしら。アリシアも今年で十九歳なんだし、好きな人くらいはいないの？」

「好きな人とか、別にいないし……」

今度は頬がみるみる赤く染まって行くのが自分でも分かる。脳裏に具体的なシルエットが浮かび上がりかけた。

でも、それを思い出しては、自覚してはいけない。

アリシアは首を振って淡い金色の記憶を必死で頭から追い払った。

「温室に行って来まーす」

コップを軽く洗い、あからさまに不自然な様子で会話を切り上げてキッチンを出る。

その背に向かって母が「帰りに卵を持って来てね」と声をかけるのが聞こえた。

温室に向かう途中、誘われるように北の方角へと目を向ける。

（――見えるはずもないのに）

どんなに目を凝らしたって、かつて一度だけ足を踏み入れたことのある、あの巨大で荘厳な佇まいの王城は影も形も見えない。

当たり前だ。

昨日見えなかった王城が今日から見えるようになる。そんな奇跡みたいなことがあるはずもない。

ただ代わりに、小高い丘の上に建つ立派な邸宅が見えるだけだ。

平穏な領地の城さながらに構えるその邸宅は数年前に建てられた。天気の良い日であれば、その二階から王城が見えることもあると父が言っていたけれど、入ったことがないから真偽のほどは分からなかった。


目を閉じれば昨日のことのように思い出せる。

煌びやかな王城と——凛とした、王子様。

だからこそ、目を閉じて感傷には浸らなかった。

夢のような時間はとうに終わっている。

アリシアも心をときめかせた少女じゃない。

なのに、その向こうに広がっている王城の面影を追いかけてしまう。

自分とは違う世界なのだと改めて実感するだけの行動を、飽きもせず毎日してしまう。

「お城に行ったからって、お姫様になれるわけじゃないのにね」

寂しげな笑顔で独り言《ご》ち、アリシアは温室へと歩きはじめた。

温室での作業を済ませたアリシアは毟《むし》った雑草を手に、右側にある鶏の飼育舎へと向かった。

入口の横に作られた木棚に並んだバスケットのうちの一つを持って、産み立ての新鮮な卵を丁寧に入れる。

ここで飼っている鶏は雄鶏と雌鶏合わせて十羽しかいない。家で卵を食べるのに困らない分だけだ。

卵が入ったバスケットを一旦棚に置き、手早く飼育舎を掃除する。それから温室でむしった雑草と専用の飼料とを飼育舎内のあちこちにある餌入れの中へ適度に移せば、アリシアの一日の仕事はほぼ完了だった。

苺の成長は順調そのものだ。満ち足りた気分のままバスケットを持って家へ戻る。

「お母さん、はい、今朝の卵」

「今日もお疲れ様。ハンスにもよろしくね」

「うん」

月曜日の今日は、まだもう一つアリシアがやることがあった。母に卵を渡し、玄関を出て表門へ行く。

わずかに門扉を開けて敷地の外に出ると、朝焼けにも似た赤みを帯びた明るい茶色の髪を持つハンスが新聞を片手にやって来るのが見えた。

新聞と言っても週に二度、月曜と木曜にハプスグラネダ領内にだけ出回るごく身内的な物だ。各種の農作物の収穫に関する情報が主な内容で、あまり話題のない冬場に至っては近所の些細なニュースが書かれる。

けれど住民たちには貴重な情報源であり、新聞のおかげで識字率も高い数値を誇っているという重要な物でもあった。だから地方の小さな発行物でありながら四か月に一度、内容が適切なものであることを証明する為に王都の検閲を受けに行っていた。

「よう、お姫様。今朝も新聞をお持ち致しました」

「お姫様って言わないで」

そんなある種名誉ある新聞作りを代々担う家系の跡取り息子のハンスは、アリシアと同い年ということもあって親しい友人の一人だ。付き合いは友人たちの中で最も古く、かれこれ十四年ほどになる。

慣れ親しんだ間柄であるからこそ、髪と同じ色の目をいたずらっぽく輝かせてハンスは気取った様子で声をかけた。

いつもはこんなことを言ったりしないのに、今日に限ってどうしたのだろうか。言われ慣れないお姫様扱いに何とも据わりの悪い気持ちになる。戸惑いで眉尻がわずかに下がるのが自分でも分かった。

一方のハンスは悪びれた様子もなく、四つ折りにした新聞を差し出して言葉を続けた。

「でもご先祖様は本当にお姫様だったんだろ？」

「お父さんの話だとそうみたいだけど、私自身はお姫様じゃないもの」

「いや、そんなこともないし……」

「ないない。領主の娘だからってみんな大げさに考えすぎなのよ」

アリシアは〝本当のお姫様〟の姿を知っている。

だから自分はお姫様じゃないし、お姫様になれない。

そう思うとほんの少しだけ痛む胸に気がつかない振りをして、笑ってみせた。

家名だけは立派なハプスグラネダ家は父曰く、遡ること二百年ほど昔、王宮の騎士勤めをしていた祖先が大きな武勲を挙げた際、恋仲にあった第七王女を娶ると共に伯爵位を授かったのがはじまりらしい。

その際に領地候補としていくつか挙げられた中で自ら志願して王家より正式に授かったのが、当時まだ開拓の計画が立てられたばかりで全くと言っていいほど手つかずの状態のこの辺り一帯の土地だということだ。

ただ適当なことを並べ立てているようでも、領土の取得や他ならぬ王族の輿入れなど、さしたる力も後ろ盾もなく片田舎で暮らす弱小貴族が騙るにはあまりにも過ぎた内容である。

「すごいよな。武勲を挙げた騎士が姫君を娶って爵位をもらうって、作り話みたいなことが本当にあるんだもんな」

一応、王家が所有する家系図や歴史書を見れば、事実であることの証明自体はできるという話だ。

とは言え権力争いや派閥と言った貴族間の争いごととは一切無縁であり、基本的に領地に籠ってひっそりと暮らし続けているので、現在の王族との個人的な接点はないに等しい。むしろそこまで来ると最早、血縁関係などあってないようなものだった。

この程度のつながりで良いのなら、国内外を問わず多くの貴族たちが王家の縁者に相当すると言えるだろう。地位こそ貴族階級に属さないが、それなりの歴史と地位を持った中流階級以上に位置する家柄の中にもいたとして、何らおかしいことはない。

もっとも、アリシアの父をはじめ、歴代のハプスグラネダ家当主も血筋を辿れば王家へと連なる由緒ある家柄と自慢しているというわけでもなく、単なる話のタネの一つとして伝わっている程度だった。

「しかもそんなに強い騎士だったのに何の未練もなく畑仕事をはじめたんだろ？」

「そうみたいね」

やけに詳しいハンスに、アリシアは思わず感心しながら頷いた。

実際、当の祖先は力のある騎士でありながら、剣を振るうのはあまり好きではなかったらしい。妻となった王女共々、実に慎ましく牧歌的に開拓生活を楽しむ様子を記した文献が、倉庫の隅に何のありがたみもなく転がっている。

さらには少女の好むような脚色を加えて恋愛小説の形にしたものが図書館に所蔵されてはいるから、中には読んだ住民もいるだろう。ただ、ハンスもその中の一人であるのなら正直意外だ。

そうして新天地を求めて集った民と一緒に、剣を農具に持ち替えて第二の人生を歩んだ彼らの血脈は代々受け継がれ、今現在に至る。

世間一般的なイメージでの貴族の生活とはおよそかけ離れているとは言え、決して貧しいわけでもない。けれど王都に立派な屋敷を構える商人の方がよほど贅沢な生活をしているだろう。

「家のことより、今日は何か面白いニュースある？」

話題を変えるべく話を振ると、ハンスは唇の端をわずかに上げた。新聞屋の息子らしく強い好奇心をのぞかせた表情は何らかの面白いニュースがあると言外に告げている。

「そうだなあ……」

ハンスはほんの少しだけもったいぶるかのように笑みを深くして、それから視線を左へと向けた。つられてアリシアもハンスの視線を追えば、小高い丘の上に建つ立派な屋敷が見える。何も知らない人間が見たら、それこそが領主の館だと思うような堂々とした佇まいは王家の所有する別宅だった。

「あの丘の上にある、ずっと無人の大きな家なんだけどさ」

「うん」

アリシアが産まれて間もない頃、管理ができないことを理由に王家へ売り払った土地に三年前になってようやく建てられたものだ。しかし誰かが住んでいたり、季節ごとのバカンスに訪れていたりする様子は今のところない。あの場所は更地だろうが何か建てられようが、結局は放置されてしまう運命にあるようだ。

小高い丘の上と言えば聞こえは良いが実際のところは人が歩くには些《いささ》か勾配が急で、地面にも固く大きな砂利がたくさん埋まっている。だから父も多少は持て余し気味だったのは事実なのだろう。別に騙し取られたわけではなく、正統な手続きを以って売却されたのだ。それに王家の手が入ったことで、ずいぶんとましな状態になったとも聞く。

「相変わらず、あの家の話になるとちょっと面白くなさそうな顔するな」

「そんなこともない、けど」

ハンスに茶化され、アリシアは口ごもりながらわずかに顔を背けた。もっとも、これでは図星だと言っているようなものである。

王都からやって来た腕利きの大工職人たちは、一日の仕事が終わる度に王都へ帰るというわけにもいかない。

別邸を建てている間はハプスグラネダ家をはじめとして、近隣の住民たちの中でも部屋に余裕のある家に宿泊することになり、その際の宿代も十分すぎるほど王家から支払われていた。

そのうえ職人たちが持つ技を教えてもらい、あの別宅が一軒建つというだけでハプスグラネダ領の財政は棚ぼた式にかなり潤ったのである。アリシアが不平不服を申し立てることは何もない。

――が、買ったからにはもっとちゃんと活用して欲しいと思ってしまうのだった。

アリシアの心境はさておき、ハンスはさも重要な内緒話だと言わんばかりに顔を寄せ、右手で声を遮断しながら告げる。

「どうやら、あの丘の上の別宅に近々、王都から第三王子がやって来るらしい」

第三王子という単語に頬が引き攣りそうになるのを懸命に堪《こら》え、アリシアは目を見張った。

「まさか。どうしてそんなことが分かるの？」

思い通りの反応が得られたのか、ハンスは機嫌が良さそうな表情をする。そして再び丘の上に視線を戻し、どこか自慢気な様子で〝種明かし〟をした。

「最近、やたら仕立ての良い馬車が何度もあの丘を行き来してるのを見かけたんだよ」

「でもそれじゃあ、第三王子が来るとは限らないじゃない」

今ここで自分が願ったところで現実には何の影響もないと分かってはいる。それでもアリシアは、来るにしてもせめて第三王子以外の誰かでありますようにと、内心で強く願いながら食い下がった。

しかしハンスは幸か不幸か、そんなアリシアの心境には気がつくこともない。さらにとっておきとばかりの種を披露した。

「いーや、馬車を先導する騎馬隊の右腕についてた紋章は、間違いなく第三王子付きの騎士のものだったね。王都で何度か見かけたから間違いないよ」

「そう、なんだ」

ここまで強く断言されてしまってはアリシアも反論のしようがない。それよりも否定を続けることをハンスに訝しがられて余計な詮索をされないよう、必死に表情を取り繕った。

冷静に、冷静に。

嘘をついたり隠し事をしたりする時、自分に何か特定の癖はなかっただろうか。うしろめたさで背中をひんやりとした汗が伝うのにも気がつかない振りを決め込む。

「いずれハプスグラネダ伯爵に挨拶に来るだろうから、ウチの新聞で【第三王子、ハプスグラネダ領に滞在！】のニュースが出せるのはその後だな。アリシアなら大丈夫だとは思うけど、それまでは内密に頼むぜ」

「う、うん」

馬車が今後も行き来するようなら他の住民たちの目に留まって噂になるのも時間の問題のような気がしたけれど、アリシアはそれどころではなかったのであえて指摘しなかった。

何とかこの場を切り抜けた安堵感に一人こっそりと胸をなで下ろした後は、本当に第三王子がやって来るのか、もし来るとしたら一体どれくらい滞在するつもりなのか。いくら考えても埒が明かないことに思考回路がいっぱいになってしまっている。

「――のか？」

だから不意にハンスが告げた言葉も、上手く聞き取れなかった。

「あ、ごめんね、何？」

何か言われたことには気がついて問いかけると、ハンスは「聞いてなかったのかよ」と唇を尖らせた。それから同じ言葉を二度も言う気まずさからか、わずかに視線を反らす。

「……お前もさ、やっぱり王子様が良かったりするのか？」

「えっ」

今度はちゃんと聞こえた。

けれどその代わりと言うべきか、意味が良く分からなかった。

どういうことだろう。

結婚するなら？

それとも恋をするなら？

今まで恋人がいたことなんてただの一度たりともなかったけれど、アリシアだって年頃の少女らしく、恋愛というものに対し多少の理想や憧れがないわけでもない。

でも、いつか王子様が……と夢物語を胸に抱けど、その相手が本当に王子様である可能性はないことくらい知っている。

本当の王子様はお話の世界がそうであるように、現実の世界でも本当のお姫様のものだ。だからアリシアを迎えに来ることはない。

「王子様は素敵だと思うけど、私とは縁がない世界だし良いとか悪いとか分からないよ」

伯爵家令嬢であっても、王都に居を構えるならいざ知らず、片田舎の小さな領地を治める程度なのだ。

領地自体は自然に恵まれた自慢の場所でも王子様がやって来る理由がない。

「まあ、そうだよなあ」

ぼんやりとした曖昧な返事しかできなかったが、明確な答えを求めていたわけではなかったのかハンスは何度も頷いた。

挙句には、じゃあまたな、と元気良く走り去って行く。

そんなハンスとは対照的に遠ざかるその背中を見送るアリシアは、丘の上の別邸に第三王子が訪れるという話に溜め息をついた。

本当のことを言えば、アリシアは十一歳の時に王子様を相手に初めての恋を覚えている。

でも、そんな淡い初恋はあっけない形で幕を閉じていた。

家族も、友人も知らない。

アリシアだけの秘密の記憶だ。

今までも。

そして、これからもずっと。

□□□

――あれは今から七年前のことだ。

その日のアリシアは朝からひどく緊張していた。

何しろ十二歳にして生まれて初めて王都へと行き、さらには王城へ上がるのである。平和でのどかなハプスグラネダ領の景色しか知らないアリシアにとって、人が多く賑やかな王都は想像もできない場所だった。

淡く明るい緑色に染めたシルクをたっぷりと使い、肩口から二の腕とスカートの裾をふんわりと膨らませたボリュームのあるシルエット。胸元と袖口と裾に飾られた、ドレスを仕立てた際の余り布と母が少女時代に愛用していたレースを組み合わせて作った大小のバラのコサージュが可愛いアクセントになっている。

まだ十二歳と幼くても貴族の令嬢が舞踏会に着るドレスとなれば、本来はふんだんにレースやフリルをあしらい、布地にキラキラと輝くパールやダイヤモンドなどの宝石を縫い込んだりして見た目に美しくするものなのだろう。

でもハプスグラネダ領が誇る織物技術を惜しげもなく使って作られたドレスを、アリシアは非常に気に入っていた。

取り立てて特徴のない榛色《はしばみ》をした平凡な髪と目も、緑色のドレスと合わせれば瑞々しい若木のようだ。完成前から何度も袖を通してはお姫様になった気分でくるくる回ったりもした。

直前の街で王城に招かれた賓客として相応しい身形に整えたハプスグラネダ家の面々を乗せた馬車は、王都へつながる四つの城門のうちの一つ、南門へと差し掛かっていた。

遥か前方、太陽を背にしてそびえ立つ白亜の王城は途中に立ち寄った街で話に聞いていた以上に荘厳で美しく、堂々たる佇まいで王都を見下ろしている。

「お兄ちゃん見て！　王都ってとても賑やかなのね」

アリシアは馬車の窓から顔を出し、心地良い風に煽られながら流れる景色を忙しなく眺めた。王都が近づくにつれ行きかう人や馬車の数も増え、様々な音が溢れかえっている。

それは南門をくぐるとより顕著になった。

この辺りは商業区画なのだろうか。

露店や商店が舗装された道の左右に立ち並び、焼きたてのパンの良い匂いも香って来る。

母の焼くパンとは違う匂いだ。でもおいしそうな匂いであることには変わりない。

ゆっくりと観光はできそうにないけれど、舞踏会がはじまる前に王都を散策する時間が取れないか両親に聞いてみようと思った。

「アリシア、あまり身を乗り出したら危ないよ」

「はーい」

心配する兄の声に、アリシアは素直に窓から顔を引っ込めた。それでも王都の空気を感じたくて窓は開けたまま、視線をあちこちに彷徨《さまよ》わせる。

一際賑やかな王都の街並みを抜けて中心部に着くと、さらに頑強な門が待ち構えていた。

この向こうは、いよいよ王城内だ。財力を示すよう豪華に飾り立てられた馬車が行き交い、人は多いのに空気もどこか張り詰めている。雰囲気に気圧されて思わず息を呑むアリシアの手を、兄がそっと握ってくれた。

「ハプスグラネダ伯爵並びにご家族の皆様、王城エル・グラントレーヌへようこそいらっしゃいました」

城内へと入ったアリシアたちは背筋のピンと伸びた若い衛兵の案内で、ハプスグラネダ家に用意された客室に向かう。

幅だけでもアリシアの部屋より広いような廊下の両側はガラス張りになっており、左右のどちらに目を向けても綺麗に手入れされた庭園が良く見えた。さすが王城内のものだけあり、こんなに立派な庭を管理する庭師たちの技術は一体どんなものなのだろうか。

機会があれば一度ゆっくり話を聞いてみたい。

美しく管理された庭を前に、アリシアにも流れるハプスグラネダの血が少し騒いだ。

長く入り組んだ廊下を抜け、ようやく部屋の前に辿り着く。精巧な彫刻の施された重厚な扉を開けて中へと促しながら、衛兵は何かあったら部屋に備え付けてある金色のベルを鳴らせばメイドが来ると教えてくれた。

「舞踏会が開かれるまで、まだ少しの時間があります。それまでどうぞ、ゆったりとお寛《くつろ》ぎになってお過ごし下さい」

「あ、あの」

「何でしょうか。可愛いお嬢様」

役目を終え、恭《うやうや》しく一礼して立ち去ろうとする衛兵に思い切って声をかけると、衛兵は律儀に屈み込んでアリシアと目線の高さを合わせる。優しそうな緑色の目で見つめられ、もぞもぞとした落ち着きのなさを感じながらアリシアも衛兵の目を見つめ返して尋ねた。

「少しでいいので、さっき見えた庭園を散歩したいのです。駄目でしょうか……？」

すると衛兵はしばらく考えるそぶりを見せる。アリシアの全身を上から下まで一通り観察し、やがて深く頷いた。

「大丈夫かと思いますが、万が一のことがないようメイドにお嬢様のボディチェックをしてもらってからになってもよろしいですか？」

「はい！」

庭園を散歩できる嬉しさでアリシアは元気いっぱいに首を振った。

両親たちに何の相談もせず勝手に単独行動を決めてしまったことにようやく思い至り、反応を窺う視線を向ける。両親は王家に迷惑のかかる振る舞いだけはしないようにと釘を刺しただけだった。

アリシアが庭園を散策させてもらっている間、それならば……とジェームズも、屈指の蔵書数を誇る図書室を見たいと申し出た。

両親は両親で、元々この時間を利用して新しく作った燻製肉の納品の為に王城の厨房に行く予定だったらしい。家族四人で往復一週間ほどかかる旅路とは言え妙に荷物が多いと思ったら、そういうことだったのだ。

せっかく王城内に部屋を用意してもらったというのに、つくづく貴族らしからぬ、じっとしていられない一族である。余計な仕事を増やされた衛兵は嫌な顔一つせず、庭園と図書室の管理を任された文官からそれぞれ見学の許可をもらってきてくれた。

それからアリシアとジェームズはやって来たメイドに形式ばかりの簡単なボディチェックを受け、夕刻になる前に帰ってくると約束して別行動を取ることになった。アリシアは衛兵に庭園へ続く道を案内してもらい、部屋へ来た時とは別の廊下を歩いている。

自分一人でも歩いて帰れるだろうかと不安を抱きはじめた頃、やはり頑丈そうな扉の前で衛兵は立ち止まった。両手をかけて扉を開けば、途端に外の穏やかな風が吹き込んで来る。アリシアが外に出ると音もなく扉を閉め、右手側の建物を優雅な仕草で指し示した。

「お部屋にお帰りになる時は、そこの詰め所に衛兵が何人かいますから声をかけて下さいね。時間によっては私が再びお部屋までご案内して差し上げられるかもしれません」

「分かりました。色々とお気遣いありがとうございます」

「小さなレディのご要望であれば、これくらいお安い御用です」

見よう見まねでまだ様にならない淑女の礼をするアリシアに優しい笑顔を浮かべ、衛兵は左膝をついて騎士の礼を取ってくれる。アリシアはお姫様のような扱いに驚いて固まりかけたものの、自分がいつまでも立ち止まっていては彼が本来の仕事に戻れないことに気がついた。

「では庭園を見て参りますから失礼致します」

「お気をつけていってらっしゃいませ」

気を抜くと照れくささから頬が真っ赤に染まりそうになるのを堪《こら》え、自分が知り得る限り出来得る限りの淑女的な動作でその場を立ち去る。

振り返ることなくちらりと後方を見やれば視界の隅に、詰め所へ歩く衛兵の背中が見えた。果たして正解だったのかどうかは分からないが、少なくとも問題はなかった——らしい。

ほっと安堵の息をつき、アリシアも広大な庭園へと歩き出した。

さすがに今日は賓客が多いからか庭師たちの姿は見えない。代わりに、というわけでもないのだろうけれど、警備の為に巡回している衛兵とは何回かすれ違った。

衛兵たちは子供が一人だけで歩いているアリシアを心配そうに見やったり、訝し気な視線を向けたりと様々な反応を示しはしたものの、身分を知っているのか咎められることはない。

ハプスグラネダ領とは気候や土壌がまるで違うのだろうか。庭園に咲く花はほとんどが見たことのない品種ばかりだ。

バラと言った馴染みのある花でも、花弁の形がアリシアの知っているバラとは大きく異なっている。バターを贅沢に使っているであろう良い香りを漂わせていたパン屋も気になるけれど、庭園を見に来て正解だった。

唯一の失敗を挙げるなら、図鑑を持っていないことだろうか。でも見たことのない品種が多いということは、ハプスグラネダ領で作成された図鑑では役立たなかったかもしれない。

辺り一面の庭を彩る花たちをじっくり観察しながら、花壇の合間に敷かれた石畳を歩いていたアリシアは不意に足を止めた。

「……？」

今、何か聞こえたような気がする。きょろきょろと周囲を見回してみるが、特に変わった様子もない。気のせいかと歩き出そうとすると、今度ははっきりとか細い声が聞こえた。

「……みゃあぁ」

猫の――それも仔猫の鳴き声だ。心なしかひどく弱々しいものに感じられる。もしかしたら母猫とはぐれてしまって心細かったりするのかもしれない。

どこにいるのだろう。

先程よりも注意深く探しても、やはり猫らしき姿はまるで見当たらない。ドレスが汚れるのにも全く構わず、両膝をついて植込みの下をのぞき込んでみても、バラの木々の隙間から遠くにいる衛兵らしき足元が見えるだけだった。

立ち上がろうと顔を上げたアリシアの視線が左手側の一点で止まる。その先には大きな木が生えていた。

どっしりとした太い幹を覆うごつごつの木肌は、遠目にもこの木が何百年と齢を重ねてきているであろうことを窺わせる。アリシアの膝の高さとほぼ同じくらいの鉄製の柵が周囲に張られており、アーチ状をした柵の上部に等間隔で取りつけられた先端の尖った飾りが接触することを強く拒んでいるようだ。

でも、もしかしたら。

アリシアは自分の抱く不安が杞憂であって欲しいと願いながら大木へ向かった。

ただでさえ履き慣れない、わずかにかかとの高い靴で走ることは想像していた以上に難しい。しかも足元が固い石畳なせいで一歩踏み出す度に足首に響いた。走ることに適さない格好で走っているのだから、無理が生じるのは仕方ないことではあるのかもしれない。

「いた……！」

苦労しながらもやっと木の近くに駆け寄ると、案の定と言うか仔猫はいた。

けれど勢いのまま夢中で登ったのだろうか。大人の男性が背伸びをした状態で手を伸ばせば届くかもしれないと言った高さの枝の上だ。

仔猫は黒と銀の縞模様の身体を縮こませて必死に枝にしがみついている。登ったは良いが降りられなくなったらしい。助けを求めるよう力なく鳴き続けていた。

どうしよう。

ここまで立派な木ではないけれど、自宅の庭に植えられている木に登ったこと自体はある。最近はさすがに恥ずかしさを覚えるようになったから登ってはいないものの、今だってもちろん登れる自信はあった。

でも一応は賓客に属するアリシアが木に登っているところを見られたら、騒ぎになってしまうだろうか。

「そのまま、おとなしく待ってて」

アリシアだけが咎められるなら何だって良い。けれど全く無関係なことで両親や兄を巻き込むのは気が引けた。ここは穏便に誰か人を呼んだ方がいいのかもしれない。

自分が取るべき行動を決め、果たして効果はあるのか。仔猫相手に懇願するような声をかける。

それからきびすを返そうとすると、予期しなかった事態がその足を止めさせた。

今度は枝の方が悲鳴を上げはじめたのだ。頑丈そうなのは見てくれだけらしい。それでアリシアは柵がある意味を悟った。

王家にとって非常に大切な木であることも事実なのだろう。でもそれと同じくらい、枝が脆くなって危ないからだ。

「危ない！」

仔猫と幹との中間辺りに入った亀裂は、めきめきと乾いた音を立てながら傷をどんどん大きくして行く。仔猫は完全に恐怖で身体がすくんでしまっているようで、このままではいずれ木の根がでこぼこに盛り上がった地面に強く叩きつけられかねない。

アリシアは夢中で靴を脱ぎ捨てた。

そして柵を跨いだ、その時。

「きゃ……っ！」

突然、誰かに引き留められたかのような感覚がして、ほんの一瞬だけ身体の自由が利かなくなった。それを振り切るように無理やり足を進めると何かが裂ける音がした。

いや、何か、ではない。何が裂けたのかは分かる。アリシアのドレスの布地だ。いつもはこんなに裾の長い服を着ていないから、今はドレスを着ているという感覚が頭からすっかり抜け落ちていた。

そこにくわえて非常に切羽詰まった状況である。柵を上手く跨げなくてドレスが先端の飾りに引っかかったのだろう。

でももう知るか。破れてしまったものはどうしようもない。

母に事情を話して謝ればいいのだ。こんなドレスではみっともなくて舞踏会に出られないのであれば、はしゃぎすぎて体調を崩したとでも言ってアリシアだけ欠席させてもらうしかない。十二歳ならその言い訳も通る……はずだ。

荒れて脆くなった木肌が枝から剥がれると共に、しがみついていた仔猫の身体も落ちて行く。アリシアは咄嗟に身を投げ出した。

「っ！」

とりあえず仔猫を守ることを優先させたせいで、受け身など一切取れなかった。

したたかに上半身を地面に打ちつけ、衝撃で一瞬息が詰まって苦しい。何度も咳込んで呼吸を整えながら、仔猫の無事を確認する。

身を挺した甲斐があって仔猫は奇跡的に、柵の中に倒れ込んだアリシアが懸命に広げた両手の上にいた。

アリシア自身が倒れたのも幸いにして木の根元ではなく、芝が生い茂る柔らかな土の上だった。

素早く身を起こし、よほど怖かったのか絶えず鳴きながら震える仔猫をそっと胸元に抱き寄せる。

衛兵の目に留まる前に柵を越えてほっと息をついた。

「もう大丈夫だから、ママがいるなら早くお帰り」

しばらくして仔猫が落ち着いてくると、小さな温もりが名残惜しくはあったがアリシアは優しい声色で告げる。

毛並みの良くすべらかな身体を最後に軽く一撫でして仔猫をそっと地面に降ろす。仔猫は助けてもらった感謝の気持ちを示すようアリシアの足にすり寄り、にゃあと鳴いて走り去って行った。

良かった。怪我をした様子もなさそうだ。黒と銀の縞模様をした小さな塊が見えなくなると、アリシアはその場に力なくへたりこんで肩を撫で下ろす。改めてドレスの状態を確かめれば、思っていた以上に土まみれだった。

――疲れた。今はまだ歩く気力も沸かないし他に誰もいないようだから、このままもう少し、しゃがみこませてもらおう。

本当は自室のベッドでそうするように手足を思いっ切り伸ばして寝っ転がりたかったけれど、我慢して両足を投げ出すだけに留めた。

全力疾走した直後の足に、ひんやりとした石畳の感触が心地良い。

「そんなところで何をしている」

気が緩んでいたところを背後から急に声をかけられ、アリシアの背中がびくりと震えた。

だけど猫を助けただけで、やましいことは何一つしていない。ひとしきり土を払い終わったアリシアは固く唇を噛みしめて意を決すると、毅然とした面持ちで振り返った。

視線の先には一人の少年が怪訝そうな表情を浮かべ立っている。

元々が簡素なうえに柵で引っかけてほつれさせて台無しになってしまった土まみれのドレスに身を包むアリシアとは対照的に、目の前の少年は細部まで気を配った立派な服装をしていた。陽の光と同化して透ける金髪と青空を閉じ込めたような青い目をした様は、まるで絵本から飛び出してきた王子様のようだ。

そこまで考えて「あっ」と小さく声を上げたアリシアは目を見開いた。

ようだ、ではなく本当に王子様なのだろう。それならば逆に何故、王子様がこんなところに何の用があるのか分からないけれど、アリシアが座ったまま接して良いような相手ではない。跪くべきか逡巡し、立ち上がった。

「俺の言葉が聞こえなかったのか？　そこで何をしているのかと聞いている」

返事がないことに焦れたのか、王子の声に若干の苛立《いらだ》ちが滲《にじ》む。凛とした声には生まれながらの威厳が備わっていた。

アリシアのドレスを見て、ほんの一瞬、まだどこか幼さを残しながらも整った顔を歪ませる。思いっきりいやそうな顔をされ、アリシアは王子の視線を追った。

「あ……っ」

スカートの裾から膝の辺りにかけて大きく裂け目が入った場所から、白いふくらはぎが見えてしまっている。気がついた時はすでに手遅れだった。悪足掻きだと分かっていても破れた裾を掴み、足を隠すように強く握りこむ。

仔猫を助けたからこんな有様になったのだと言えば心情は楽になるのかもしれない。でも信じてもらえるか分からなかった。下手に言い訳をしたと誤解されればもっと面倒なことになるのは目に見えている。

けれど、何と言って切り抜けたら良いのかまるで分からない。

とりあえず、俯いたりして顔を背けたら痛くもない腹を無駄に探られて痛くなる気がした。唇を引き結び、お腹にぐっと力を込めて空色の眼を真っすぐに見つめる。

身分の低いアリシアと視線を合わせることを不快に感じたのか、王子の方が先に目をそらしてしまった。さっきまでは真一文字だった眉が、今はどこか苦しげな様子で寄せられている。

「どこの娘か知らないが、お前の家では裂けたドレスで王城をうろつき、人目にさらす習慣があるのと言うのか」

その声に侮蔑の色がこめられているような気がして、アリシアの頬が瞬時に熱を帯びた。

(何があったのか、知らないで……)

母たちとこの日の為だけに作ってくれた大事なドレスだ。アリシアだってもちろん、破らずに済むならそうしたかった。

(――でも)

仔猫を助けたのは自分の意思だ。誰かに頼まれたことではない。それで大切なドレスが破れたことだって、結果的にそうなってしまっただけである。ましてや、この王子が悪気を持ってわざと破ったわけでも何でもないのだ。それこそ彼は何も知らない。

二人の間にますます重苦しい沈黙が流れる。アリシアなんかに構ってないで早々に立ち去ってくれたらいいのに。

そこでアリシアは、王子がアリシアの斜め右後ろの方をじっと見ていることに気がついた。何だろうと思って視線を追い、固まってしまう。

「あっ……その、それはえっと……」

先程の騒ぎで折れた枝が芝に埋もれるよう転がっていた。仔猫に気を取られすぎて、見つかりたくないものばかりが次々と見つかっている。

触れてないけど枝が勝手に折れましたなんて、子供の言い訳にもなってない。それこそ信じてはもらえないだろう。

アリシアが木に登ったから折れた。

そう考えるのがいちばんしっくり来る状況だった。

アリシアの顔からどんどん血の気が引いて行く。

(どうしよう……。木に登ったりなんて、していないのに)

でも現実として、枝は何かの重みがかかったかのような折れ方をしている。良く見れば枝が落ちている辺りの芝が微妙にへこんでいるのも見えた。

心なしか人型のように見えなくもない。少なくともアリシアは、それが自分が倒れた為にできたへこみだと知っているから人型にしか見えなかった。

アリシア以外の全てが、アリシアのせいで枝が折れたと語っている。

王子はへこみの形の正体に気がついただろうか。

アリシアは祈りにも似た気持ちで王子の様子をじっと見守る。

時間の経過は遅いし空気は重いし、王子の横顔を盗み見て睫毛が長いとかどうでもいいことを思ってやり過ごすしかなかった。

「これはお前が？」

「……ごめんなさい」

王子の言う〝これ〟がどこまでの範囲を指しているのかは分からなかったけれど、アリシアは心当たり全てを想定して謝罪の言葉を紡ぐ。無意識のうちにひどく叱られた子供のように肩がすくんだ。

場の空気に耐えかね、とうとうきつく目を閉じて俯いてしまう。

王子は委縮するアリシアに呆気に取られたのか不意を突かれたのか、それとも別に何かあるのか。何にしろ追及を強める気配はなかった。ゆっくりと深く吐いた息の音が遠く聞こえる。

「何があったのかは知らないが、まあいい。王城内で怪我をされても困るし、今後は気をつけることだな」

許された、のだろうか。

恐る恐る目を開けると、王子はすでにきびすを返し歩き出していた。

アリシアは左胸に手を押し当て、何度も息を吸い込んだ。

今にも心臓が破裂しそうなほど高鳴っている。布地越しでも掌に伝わる激しい動悸は高揚と不安とを不規則にもたらして、まるで風邪を引いた時のようだ。

本当に今すぐ四十度近い熱が出たりはしないだろうか。

倒れてしまいたい衝動を堪《こら》え、庭園を楽しむ気持ちもすっかり萎んでしまったアリシアも部屋に戻ることに決めた。


「すみません、失礼してもよろしいでしょうか」

「どうぞ」

軽くノックをしてから詰め所の扉を薄く開けて中を窺うと、持ち場の見回りが終わったのか先程の衛兵がいた。

アリシアと目が合うと優しく笑って近寄って来る。暖かい笑顔は未だ緊張したままのアリシアの心をそっと包み、溶かしてくれるようだった。当然の反応だけれど、衛兵は見送ってからの短時間でぼろぼろになったアリシアのドレスを見て目を丸くする。

「どうされたのですか。どこかお怪我でも」

「いえ、あまりにも立派な木があったから見惚れて転んでしまって……」

アリシアは心配そうな面持ちで尋ねる衛兵に嘘をついて誤魔化した。

転んだ直接の理由ではなくても、木に見惚れたこと自体は嘘ではない。これくらいの嘘なら許してもらえるだろう。

ついでに、さもはしゃぎ疲れたと言わんばかりにわざと元気のない演技をしてみせた。

そんなもので自分よりずっと大人な人々を誤魔化しきれるとも思えないけれど、舞踏会を欠席することになった際に証人になってもらう為だ。

(でも、さすがに嘘だと思われるかしら)

アリシアは気まずさを抱えながら衛兵を見上げた。不安げな視線を受けた衛兵は嘘を信じてくれたのか、信じたふりをしてくれたのか、どちらにしても優しい微笑みを返してくれる。

「それでは客室へと戻りましょうか。先程のお約束通り、私がご案内致します」

「あ……お願いします」

初対面でも親切な、人の良い衛兵を騙すようで些《いささ》か良心が痛むがしょうがない。せめてもの罪滅ぼしとなるのかは分からないけれど、何かの機会があったら衛兵がとても良い対応だったと、両親から近衛団長に伝わるよう計らってもらおうと思う。

「お部屋に到着致しました」

「ありがとうございます。助かりました」

そうして部屋に戻ると、家族はまだ誰も戻って来てはいなかった。アリシアとて本来ならもっと時間をかけて庭園の隅々を散策するつもりでいたのだから無理もない。

でも、王城で開かれる舞踏会に招かれた貴族の娘が土で汚れ、なおかつ裾の裂けたドレスを着て平然と庭園を歩いているなど、他の貴族に知られたら大問題になるだろう。ハプスグラネダ家だけでなく王家の品格に傷がつく。

アリシアもそれが分からないほど子供ではない。厳しい言い方だったし認めるのは正直な気持ち少し癪ではあるけれど、王子の言わんとすることは正しいのだ。

一人きりの部屋の中をあてもなくうろつく。部屋に飾られた絵画やアンティークと思しき調度品の数々を価値も良く分からないまま鑑賞し、それから中央付近に置かれた革張りの二人がけソファーに深く腰を下ろした。

「――どうしよう」

両親には正直に話すべきだろうか。王子には名前を聞かれなかったしアリシアも名乗らなかった。今はまだハプスグラネダ家の娘だとばれてはいなくても、身元が割れればまず間違いなく家に迷惑をかけてしまうだろう。

だけど、その場では不問としたことを後になってわざわざ調べるとも思えない。アリシアの希望的観測と言えばそれまでだけれど、あの王子もそんなに暇ではない気がする。

どちらにしろ、一人で悶々と考えていても埒が明かない。

とりあえずそういう悪い可能性もあると心に留めるだけにして、アリシアは家族の帰りを待った。

太陽が西に差し掛かった頃、両親と兄は一緒に戻って来た。

「まあ、そのドレスはどうしたの、アリシア」

「ごめんなさい、お母さん。中庭の庭園があまりにも綺麗だったから、見ながら歩いてたらよそ見をしすぎて転んでしまったの」

出迎えたアリシアの姿は家族にも驚かれたけれど、好奇心が強くお転婆な娘は初めて行く王城だろうと――初めての王城だからこそ――おとなしくしているわけがないと母は見越していたらしい。

家から用意していた余り布とレースのおかげでドレスは完全に元通り、とは行かないまでも人前に出られる程度には修復された。

さすがの母の読みと手腕に感嘆しながらも、アリシアは内心ひどくがっかりする。土壇場になって舞踏会を欠席するなどということはどうあってもできないらしい。

それからドレスを手直ししてもらっている間、庭園での出来事も王子に対するアリシアの個人的な感情をできる限り排除して話した。

事情を知った両親も兄も特に何も言わなかった。

おそらくは家族たちも、頭で考えてもどうしようもないことはなるようになった時に何とかしようと思っているに違いない。

アリシアに都合の良い考えかもしれないけれど、そんな気がした。


アリシアの家が三つは入るのではないかというほどに広いホールには無数のシャンデリアが星さながらに煌めき、賓客の貴婦人たちの色鮮やかなドレスがその美しさを競い合うようにあちらこちらで華麗に咲き誇っている。

豪華であることは想像していた。

でも、それを遥かに超えた夢の世界のような、どこか非現実な空間を前にアリシアはひたすら圧倒されて息を飲んだ。

「すごい……」

これが王族や貴族の姿なのである。その暮らしを羨むことはなくても、目の前に広がる光景は純粋に美しいと思った。

ホールに集まった人々の歓談の声は開始の時刻が迫るにつれ自然と小さくなって行き、予定時刻の五分前には静かなざわめきだけが場を支配する。

揃って向けられた視線を追うと宝石の散りばめられた王冠を戴く紳士を中心に、一際華やかな雰囲気を持つ男女計五人が奥にある大きな扉から現れたところだった。途端にホールの至るところで漏れる感嘆の声を拾ってみれば、やはり彼らが王族に名を連ねるお歴々らしい。

国王、王妃と続き、その後ろに控える三人は王子たちだろう。年恰好からして王位継承の序列順に違いない。

いちばん後ろにさっきの王子の姿があった。

庭園で遭遇した時よりも輪をかけて豪奢な服装に変わっている。

白いマントを自身の目と同じ色の大きなサファイアで留め、凛と背筋を伸ばして堂々と立つ様は、まごうことなき王子様の姿だった。

（あっ……）

彼らが壇上に登る際、ふいに王子がアリシアの方に顔を向けた気がして、アリシアは慌てて顔を伏せた。

近くにいた同年代と思しき令嬢たちが、第三王子と目が合ったと無邪気に喜んで色めき立つ。王子が視線を向けたのは偶然で、自分を見ていたはずもないのに意識して俯いたりして滑稽に思えた。

アリシアの気持ちが沈むのをよそに、今夜の主役である第一王子エリオットの紹介と挨拶を経て、国王の宣言の下に舞踏会がはじまった。

両親は滅多に会うことがない友人兼商談相手たちとの交友に忙しく、アリシアの傍には常にジェームズがついていてくれた。優しい兄のおかげでアリシアも舞踏会を楽しむ余裕が生まれ、用意された軽食を兄と一緒につまんではおいしいと笑い、作り方はどんな感じなのだろうと考えてみる。

舞踏会がはじまってから一時間も経つ頃にはアリシアもすっかり気が緩み、辺りの様子をぐるりと見渡した。視線を巡らせて一階部分を眺め、半円を描いて二階からせり出すような形のテラスの存在に気がつく。

何とはなしにそのまま自然と目を向ければ、そこは王族を中心とした高位貴族たちの社交場になっているらしい。あの王子も同年代らしき令息や令嬢たちに取り囲まれている。

第三王子と親しげにしているだけあって、彼の周囲にいる令嬢は皆が綺麗に着飾っていた。

「アリシア？　何か気になるものでもあったのかい？」

「ううん。何にも」

兄に声をかけられ、アリシアは首を振りながらさりげなく視線を外す。それでもいつの間にか、目は第三王子の方に向けられてしまっていた。

ドレスに関しては、アリシアの着ているものはハプスグラネダ領が誇る服飾職人でもある自慢の母の手仕事が光るお手製だ。彼女たちが身に纏うドレスと比較しても少しも引けを取っているとは思わない。

けれどアクセサリーはどうしても財力の差が如実に表れ、見劣りしてしまっていた。そのことに今さら劣等感を抱いたりはしないけれど、彼らとは根本的に世界が違うのだ。改めてそう思った。

(あの女の子とても綺麗)

中でも特に、第三王子の左隣に座る令嬢はアリシアの目を引いた。

身につけたドレスやアクセサリーもさることながら、遠目からでも鮮やかなプラチナブロンドが宝石さながらに輝いて眩いほどだ。

雰囲気も彼女だけどこか違う。

もしかしたら、本当のお姫様なのかもしれない。そう思うと第三王子のいちばん近い席に座り、いちばん親しそうなことに納得が行く。

——けれど。

状況が状況だっただけに仕方ないとは言え、アリシアには決して向けることのなかった笑顔で談笑している。

楽しそうな様子を遠巻きに眺めれば、何故だか非常に面白くなかった。アリシアにはあんな横柄な態度だったのに、普通に笑って話すこともできるのではないか。

(私にも、ほんの少しでいいから笑ってくれたら良かったのに)

自分でも理由が分からない怒りが込み上げてくる。何だか理不尽だと思った。

仕方のないことだと頭の中では分かっている。アリシアは第三王子とは初対面で、親しい友人どころか知り合いですらない。そんな相手があんな格好でいきなり目の前に現れたら、不審に思うのも当たり前だ。問答無用で衛兵を呼ばれていたとしても何らおかしくはない。

アリシアだって、そんな簡単なことは分かっている。

小さな溜め息を吐き出すと共に視線を外す。

今後アリシアが王都に来ることもなければ、あの第三王子がハプスグラネダ領に来ることなんてそれこそそない。初めて行った王都のちょっとした思い出話として心の奥深くにしまいこんで――何もなかったかのようにいつか忘れてしまえばいい。

親しくなったわけでも何でもないのだ。

ただ少し話して、不機嫌にさせてしまったという、それだけの話だった。


実際に王都から戻って一週間ほどした頃、アリシアの初恋は、恋と言うにもあっけないほどに終わりを告げた。

少しでもあの王子様のことを知ることはできないか、淡い期待を抱いてハンスに無理を言って王都で発行されている新聞を見せてもらったことがある。

その一面の右下に書かれていたのだ。

第三王子殿下、近日中にご婚約か、と。

脳裏に浮かんだのは、隣で笑っていたお姫様の姿だった。

（そう、だよね。王子様だもの）

生まれて初めて見た素敵な王子様の姿に心が動いてしまったけれど、その程度で済んで良かったのだ。

時折そっと、綺麗な思い出に触れて心を甘く高鳴らせ、あるいは鈍く軋《きし》ませる。

言うなれば日々に彩りを与えるほんの少しのエッセンスで良かったのだ。

——それなのに。

七年が経ち、十九歳になろうとしているアリシアは、明確な形を伴って現れようとしている思い出の置き場に困って目を開けた。

あの第三王子が今になってハプスグラネダ領に来るなんて。

名前も知らないアリシアのことなどもう忘れてしまったに違いない。だからアリシアの生活に変化が訪れることもないだろう。

けれど、アリシアの胸中は穏やかではなかった。

□　□　□

学校の高等部はこの春卒業したけれど、週に二度、火曜日と木曜日には仲の良い友人たちとの集まりがある。

学生時代のように他愛のないお喋りをしながら、やりたいことや家の仕事を本格的に手伝う為に技術的な要素を学ぶ場だ。アリシアは苺を育てることも続けつつ、残りの時間で多少は母の役に立てないかと思い刺繍を習うグループに参加している。

友人たちと別れて一人家路を歩くアリシアは、家まであと数十メートルのところで足を止めた。

門の前に見知らぬ誰かが立っている。

ハプスグラネダ領でいちばんの名馬を育てると評判の、グレッグの馬よりも美しい毛並みをした白馬の手綱を握っていた。夕陽を受けて濃いオレンジ色に染まる髪の本当の色は、おそらくは明るい金に違いない。

(どうして、こんなところにいるの?)

アリシアはその金色を知っていた。忘れたくて、精一杯忘れた振りをしても忘れられないでいる色だ。まだ幼かった頃、王城で一度だけ見た眩い金色。

——その第三王子が、どうしてアリシアの家の前にいるのだろうか。

いずれハプスグラネダ領に来る予定が立っていることはハンスから聞いている。

でもそれを聞いたのはつい昨日の話だ。ハンスの口ぶりでは来るにしても、まだしばらくは先の話ではなかったのか。

どうして。

どうして?

わけも分からずアリシアが足をすくませたままでいると、王子と思しき青年がこちらを見た。青空を閉じ込めた目と視線がぶつかる。

それだけで、何度も取り出そうとしては胸の奥にしまいこんで来た記憶が呼び起こされて胸がわずかに高鳴った。

やっぱり間違いない。あの時の王子だ。

アリシアは大きく息を吐き、何でもない振りで王子の近くに歩み寄った。

「あの、家に何か用ですか……？」

七年前とは逆に、今度はアリシアが尋ねる。

王子はハッとしたように一瞬目を見開き、そして柔らかく微笑んだ。七年前は決して向けられなかった表情にアリシアは不意を突かれてたじろぐ。

あの庭園でのやりとりを繰り返しているようで、まるで違った。

「ああ、すまない。俺はレインハルツ王国王位継承第三位のカイル・ドラグリット・レインハルツ。近々ハプスグラネダ領に世話になるから、ハプスグラネダ伯爵に挨拶に来たんだ」

「……アリシア、ハプスグラネダです」

「初めまして、アリシア」

初めまして。

その言葉にアリシアは今さらながら衝撃を受けた。

王子――カイルがアリシアのことを覚えているとは思ってなかった。でも実際に本人の言葉でその答え合わせをしてしまうと何故だろう。

胸が、苦しい。

やっぱりカイルにとって七年前の出来事なんて、すぐ忘れられるほどの些末な記憶だったのだ。

それくらい最初から分かっていた。

誰だって片田舎で暮らす伯爵令嬢のアリシアよりも、第三王子であるカイルの方が記憶に残る。

カイル本人でも同じことだ。たった一度、王城へ上がってきただけの娘を七年経って覚えているわけがない。

「ハプスグラネダ領へ、ようこそいらっしゃいましたカイル殿下。領民一同、心より歓迎致します」

アリシアは心の表面にうっすらとできた傷を必死で塞ぎ、笑顔を浮かべた。

カイルの〝特別〟でありたかったわけでもない。何かを期待するようなみっともないまねはやめよう。

「父なら多分、裏の畑にいると思います。すぐ呼んで来ますから、狭いですけど応接室でお待ち下さい」

「裏の畑？」

カイルが不思議そうな面持ちで尋ねるのも無理はないだろう。

伯爵家の敷地内に畑があり、しかも当主自らがそこにいるなんて普通はありえないことだ。

門扉を開けてカイルを中に促す。普通の貴族邸なら執事やメイドが迎えるものだけれど、ハプスグラネダ家にはあいにくどちらもいない。一応は令嬢であるアリシアがこのまま応接室に案内する形になる。

「良かったら畑を見てみたい」

「構いませんけど、少し歩きますよ？」

予期しなかったカイルの提案にアリシアは目を丸くし、返事に少しの嘘を混ぜた。歩くと言ってもアリシアが毎日歩いて移動できるような距離だ。たかが知れている。

「構わないから案内してくれる？」

「殿下が望まれるのでしたら」

それでも快い一つ返事ではなく、遠回しに応接室で待っていて欲しいと牽制の意を込めたつもりが、遠回りしすぎて全く伝わらなかったらしい。カイルの中では畑に行くことは決定事項になったようだ。

途中、低い植込みを左右へ回り込むよう伸びた道を左に曲がってもらおうとすると、カイルの視線は右側を向いていた。その先にはアリシアが管理している温室がある。

「あの温室は？」

「四年前から私が管理している温室で、今は苺を育てています」

自分の温室だと言う必要はない。けれどアリシアは正直に答えた。

ここで適当に誤魔化せば良かったものを、あの温室はアリシアにとって大切な場所である。たとえ言葉上だけだろうと蔑ろにはできなかったのだ。

「せっかくだし温室も見せてくれないか」

「ええっ」

何がどう「せっかく」なのか。

思わず大きな声を上げて驚くアリシアには構わず、カイルは当然とばかりに馬を右側に向けて歩かせた。

温室の前に馬を止めると、カイルを温室の中に誘う。

「まだ花が咲いたばかりで苺は生ってない状態ですけど」

家族以外に温室内を見せるのは初めてで、アリシアは恥ずかしそうにはにかんだ。温室一面に列をなして整然と植えられた苺はそのどれもが緑色の葉をつやつやと輝かせ、愛情を持って大切に育てられていることが一目で見て取れる。

見てもつまらないものだろうに見たいと言い出した手前からか、カイルは温室中を見渡すように首を巡らせた。

「この中の苺は、アリシアが全部一人で面倒を見てるの？」

「面倒を見ていると言っても、毎日の水やりと目についた雑草を抜いているくらいです」

意識して事務的に答えればカイルの目が細められる。王族に対して不遜な態度だと思われてしまっただろうか。

でも——関わりたくないと思ってくれるなら、早い方がいい。

そう思った途端、何故かわずかに軋《きし》んだ胸の痛みからはあえて目を逸らし、アリシアはカイルの次の言葉を待つ。

長いような短いような沈黙の後、カイルは穏やかな口調で言葉を紡いだ。

「それでも毎日やるのは結構な仕事じゃないか。大切にしているのが見ているだけで分かるし、頑張っててアリシアは偉いね」

好きでやっていることだから辛いと思ったことはない。だけどそれを褒められれば嬉しく思う。心の奥がくすぐったくなった。その心地良さにアリシアは思わず、先程まで頑なに閉ざそうとしていた扉を無意識のうちに自ら開いて行く。

「でもいちばん大変な作業はやっていませんから」

「いちばん大変な作業？」

「苺が生る為には人の手で受粉作業をしてあげないといけないんですけど、さすがにそれを一人で全部やるにはたくさん育てていますから、ミツバチを放って受粉してもらっているんです」

苺の話になって、それまでは気を張り詰めさせてどこか素っ気なかったアリシアがあきらかに饒舌になっていた。その様子に苺を眺めていたカイルはアリシアを振り仰いで尋ねる。

「見たところ温室内にミツバチは飛んでないみたいだけど、まだ設置前なのかな」

「ええと……次のお休みに、兄の手を借りてやろうかと……」

「男手が必要なら俺も手伝うよ。何時に来たらいい？」

「えっ⁉」

今日だけですでに何度目だろうか。アリシアは驚きで目を丸くする。それから、とんでもないと言わんばかりに両手を胸の前で激しく横に振った。

「ミツバチを使うから王子様がやるには危ないですよ」

「女の子のアリシアがやるには危なくないの？」

「それは……」

アリシアは口ごもり、形勢の悪さに視線を左下に落とした。断る理由の言葉選びを間違えた気がする。いやそれ以前にミツバチの話をしたことが良くなかった。ここからどう答えても、すでに詰んでいるのではないだろうか。

余計なことを色々と話しすぎたと気がついた時にはもう手遅れだった。まさか王子様が苺栽培の作業に興味を持つとは思ってもみなかったのだ。でも、普通は誰だって思わないだろう。

「ミツバチが活動をはじめる前に設置しなくてはいけませんし、そうすると日が昇る前にやらないといけませんから」

しどろもどろになって上手く言い訳ができない。どう言えば失礼にならずに断れるのかを考えていると、いつの間に近寄っていたのか。カイルが身を屈めて顔をのぞきこんだ。

……どうしてこの王子様は、こんな簡単に懐に入りこんできてしまうのか。

そして、そのこなれた誘いにアリシアは心に小さな棘が刺さるような感覚を覚えてしまう。

何度もじんわりとした痛みを与えるそれに心当たりはあった。あの時——七年前の王都の夜会で、彼が周囲の友人たちへ笑顔を向けているのを見た時と同じものだ。

自分だけに向けて欲しいと願うものが他の人にも与えられている。その事実に対し、ひどく自分勝手な感情を抱いてしまう。それが醜いと分かっていながらも抱かずにはいられないことが苦しかった。

「アリシアは俺が来ない方がいいと思ってる？」

ずるい。

そういう聞き方をされたら、アリシアは否定の為に首を横に振るしかないではないか。

「別に、そういうわけじゃないですけど」

「ちゃんと手順を聞いて邪魔にならないようにするし、それでも役に立てないようなら離れた場所から見学してる。それならアリシアもいいだろう？」

王子にここまで妥協させて、なおも突き放す手段をアリシアが知るはずもない。

結局、手伝ってもらうことになってしまった。


「アリシア帰ってたのかい。温室の外の馬は一体……」

扉を開けっ放しの入口からジェームズが顔をのぞかせた。アリシアの隣に立つカイルの存在に気がつき、慌てて頭を下げる。

「カイル殿下もご一緒だったとは大変失礼致しました。呼んで下されば外にお迎えにあがりましたのに」

「いや、こちらこそすまない。門の前で偶然会ったアリシア嬢からハプスグラネダ伯爵が裏の畑にいると聞いて、そのまま敷地内を案内してもらっていたんだ」

「そうでしたか。父もすでに中へ入っておりますから、そちらへ参りましょう」

「ああ、分かった」

もう少し早く来てくれればさらに良かったけれど、アリシアには兄が神の使いに見えた。ジェームズが来ないままでいたら最終的にどうなっていたのか、想像するだけでも恐ろしい。

「わ、私、自室で着替えてから参りますから一旦失礼致します」

アリシアはスカートの裾をつまんで一礼をして、後をジェームズに押しつけるよう温室を出た。

扉のすぐ脇でおとなしく主を待っている白馬を見やり、人知れず安堵の息をつく。

次の休みまでに心にちくちくと刺さってしまった棘を抜いて何でもない状態に戻して、それから内側からの補強もより頑丈なものにしなくては。

それから、それから――

――好きにならないように、しなくては。

□□□

「カイル殿下がハプスグラネダ領にいらっしゃるだなんて、何だか未だに実感が沸かないわねえ」

夕食の後、久し振りにパウンドケーキを焼くアリシアの背中に向けて母がしみじみと呟いた。

アリシアも洗い物の手は止めずに短く同意しながら、ここ数日の間に起こった出来事に想いを馳せる。

ただでさえハプスグラネダ領では見かけない顔にくわえ、あの王子様然とした見た目と雰囲気の持ち主なのだ。

目立つ要素は十二分にある存在がアリシアの家の前にいたり、そうでなくともすでに何日も滞在していたりすると言うのに、カイルは意外と上手く立ち回っているらしい。

ハプスグラネダ領の人々は第三王子の到着を未だに知らぬまま、普段と変わらず静かな日々を送っている。

「年明けの夜会で殿下からお話をいただいた時は、社交辞令でご冗談を仰っているのかしらと思ったものだけど」

母の言葉にアリシアは驚いて振り返った。

「そんなに早くから話があったの？」

「ええ、そうよ。第三王子殿下がお一人でいらっしゃるんだもの。ご支度の用意も大変でしょうしね」

「知らなかった……」

年明けの夜会と言ったら、もう三か月ほど前の話だ。

それを両親はいざカイル本人がやって来るまで、家族にさえ微塵も匂わせてはいなかったということになる。臣下として正しい姿ではあるものの、その口の堅さにアリシアは改めて驚きを隠せなかった。

「でもどうして、ここを選んだのかしら」

「どうしてかしらね」

ずっと抱いていた疑問が思わず口をついて出る。知っていてまた黙っているのか、それともそこまでは本当に知らないのか。母からの明確な答えはなかった。

アリシアは溜め息を一つ吐いてオーブンの中をのぞきこんだ。

高温に熱せられたそこでは、一本のパウンドケーキが良い感じで膨らんできている。明日は朝早くに起きて、精神的にも疲れる作業をするから糖分補給用だ。

「明日、殿下に差し上げるの？」

「うん。受け取ってもらえるかは分からないけれど」

「明日はいつもより早起きなんでしょう。後はやっておくからもう寝たら？」

「もうちょっとで焼き上がるし大丈夫」

ひび割れた生地の中に赤い果実が見え隠れして、我ながら上手くできたと思う。前に収穫した時に食べきれそうになかった苺を乾燥させて、自家製の蜂蜜酒に漬け込んでおいたものを混ぜて焼いたのだ。蜂蜜の甘さの分、砂糖の量をかなり控えてあるし男性でも多分食べられるだろう。

パウンドケーキがおいしそうに焼き上がるとオーブンの中から取り出し、テーブルの上に用意した網に移して冷ます。

翌朝にはきっと、しっとりと馴染んでいるだろう。今からとても楽しみだ。

母に就寝の挨拶をしたアリシアは自室に戻るとベッドに潜り込み、目を閉じた。

手伝ってもらうのに待たせてしまうのも気がひける。

夜明け前の薄暗い気配を残す中、アリシアは小さなカンテラで足元を照らしながらカイルに教えた時間の五分前に門へ走った。

格子状の門扉が見えてきたところで動きが止まる。

カンテラの淡い光が、門の向こうに佇む影を色濃く浮き上がらせていた。

まさかと思って駈け寄れば、すでに来ているカイルだった。アリシアは戸惑いながらも慌てて門を開け、愛馬を連れたカイルを中に促した。

「まだ五分前なのに、もういらしたんですか？」

「俺も今来たばかりだけどね」

仮に口約束だけで来なかったとしても、無責任だと責めるつもりはなかった。早起きに慣れているアリシアだって、さすがにこんな早くに起きるのは少し辛い。普段なら寝ている時間だ。

アリシア本人ですらそんな状況なのである。手伝わなければいけない理由もないカイルが約束を違えたとして、それは普通だと思っていた。

しかもカイルのいる王家の別邸は、アリシアの家からそれなりに離れている。いくら馬を走らせて来たとは言えカイル自身や馬の準備もあるだろうに、この為だけに何時に起きたというのだろうか。

アリシアの胸に温かな感情が広がる。

こんなことで絆されるなんて自分でも単純だと思う。

だけど約束を守ってくれた。その事実がとても嬉しい。

「兄も手伝ってくれますし時間もそんなにかからないと思いますけど、眠くなったらいつでも休んで下さって構いませんから」

「昨日ちゃんと早めに寝ておいたし大丈夫だよ」

そう言われて顔を見れば確かに、約束をした時と変わらないように見える。本当に約束をちゃんと守るつもりでいてくれたのだ。

万が一ミツバチに刺されないよう、カイルの馬はそのまま門の内側に待機してもらうことにした。

ミツバチの巣の設置を手伝わせるだけでは飽き足らず、王子様に徒歩移動をさせるのもどうかと思いはしたけれど、カイルから不満の声は上がらなかった。

さりげなく歩幅を合わせてくれているし、歩く速度を上げた方がいいだろうか。

気持ち程度に早めてみると、右手を不意に掴まれた。あっと言う間に、互いの指が絡んだ形で繋がれる。

「え、あの」

「転んだら危ないから」

アリシアはまじまじと手を見つめた。知っている〝手の繋ぎ方〟とは全然違う。カイルを見上げれば、真面目な顔でそう言われた。

「そのカンテラも貸して」

返事をする前に繋いでない方の手に奪われてしまった。

ミツバチの巣の設置の手伝い、徒歩移動、手を繫ぐ、カンテラを持たせる……。

王子様にあるまじき行動の数々にアリシアは若干青ざめた。かと言って今すぐ手を振りほどくのも失礼な気がして——いや、繫いでいたいと思ったから繫いだままにする。

でも正直、無言では間が持たない。

何か無理やりにでも話題を探そうと隣を歩く横顔を見やれば、カイルはまだうっすらと星の残る空を見上げている。転びそうな危ない歩き方をしているのはどっちの方だろうか。

「ハプスグラネダ領は星が綺麗だね」

アリシアが困っているから話題を作ってくれたのだと気がついた。王都があると思われる方向を一瞥して尋ねてみる。

「王都だと星は綺麗に見えないんですか？」

「うん。ハプスグラネダ領より地上が明るいし、空気も全然違うからね」

「じゃあもしかして、今出てる星でも王都だと見えない星もあったりしますか？」

「そうだなあ……」

カイルは首を巡らせて空全体を確認すると、わずかに首を傾げた。

「俺も星の名前に詳しいわけじゃないから咄嗟にこれが見えないとは言えないけど、見覚えのない星はいくつかあるかな」

「そうなんですね」

アリシアはカイルの視線を追うように空を眺め、一度だけ行った王都の映像をそこに重ねる。

あの時、夜空はどう見えていただろうか。寝る前に空を見たような覚えはあっても上手く思い出せない。白いマント姿の凛々しい王子様の思い出だけが、そこにあった。

「王都には何でもあるって思っていました」

「人は多いから市場には物も溢れてるし活気もあると思うけど、さすがに何でもあるわけじゃないよ。――それに」

カイルはそこで一度言葉を切って、どこか焦がれるような声で後を繋ぐ。

「王都からじゃ、俺がいちばん見たい綺麗な星は見えない」

〝いちばん綺麗な星〟の正体について聞きたかったけれど、温室に着いてしまった。必然的に、手を繋いでいられる時間もこれで終わりだ。

もう少し、ゆっくり歩けば良かった。けれど聞いてみたところで答えてはもらえなかったかもしれない。カイルにとって、とても大切なものであるかのような口ぶりだった。

何故だかもやもやとした感情を残しながら繋いだ手を離そうとすると、強い力で指を握られた。

「きゃっ……」

「ごめん、痛かったね」

カイルははっとしたような顔で力を緩める。するすると糸がほどけて行くように離れる手に寂しさを感じた。それを悟られたくなくて、アリシアはさっきまで繋いでいた手を握りしめる。

「平気です、ちょっと驚いただけで私の方こそごめんなさい」

「いや、本当にごめん」

首を振って気にしていないことを強調したアリシアは、温室の扉の横に分かりやすく置いておいた荷物を開けた。中から設置作業時に羽織るフードのついた白いコートと、白い手袋を出してカイルに手渡す。

何の洒落っ気も飾り気もないコートなのに、カイルが着るとそれだけで様になった。王子様補正の威力の前には服装などさしたるマイナス要素にはならないらしい。

そんなことを考えていたらカイルと目が合った。

「似合ってる？」

「そうですね。良くお似合いです」

「なら良かった」

アリシアは素直に感じたことを伝えた。

この場合の「似合ってる」が果たして褒め言葉になるのかは微妙だけれど、それでもカイルは嬉しそうに笑う。

「あっ、兄が、先に温室の裏の倉庫に行って準備をしてくれているはずなので」

聞かれたから肯定しただけなのに何故かアリシアが気恥ずかしい。倉庫に向かおうときびすを返せば、肩に手が置かれて引き留められた。

「いいよ、俺が行く。アリシアは温室の中で待ってて」

「でも、巣箱ですし重いですよ」

振り向いてカイルの顔を見上げると、カイルは小さな溜め息をついて苦笑いをする。

「大変そうだと思ったからこうして手伝いに来たんだけど、それは女の子のアリシアが運べるものでも俺には運べない、頼りにならないって思われてるってことかな」

もちろん、そんなつもりで言ったわけじゃない。カイルだってそこはちゃんと分かっているだろう。でも、そういう意味で言ったと取られても仕方ない言い方だった。

アリシアは左右に首を振って否定する。

「……ごめんなさい。失礼な言い方でした」

「俺に気を遣ってくれただけだって分かってるから、先に温室で待ってて」

うなだれるアリシアの頭を撫で、カイルは温室の裏手へ向かった。その後ろ姿が見えなくなるまで見送って、言われた通りに温室へ入る。

誰もいない温室は暗い。作業をしやすくする為にミツバチを刺激しない程度の灯りをつけ終わる頃には、今朝も短時間であちこちに振り回された気持ちがようやく、あるべき場所へ落ち着いて来る。

それでもまだ、繋いでいた手には変わらず熱が残っていた。

兄と二人でやっていた前回と比べると人手が多い分、設置は三十分とかからずに終わった。

やはりアリシアが苦労して運んでいた巣箱をカイルが代わりに運んでくれたのが大きい。作業の飲み込みも早く、これなら約束の時間をもっと遅くしても良かった。

カイルと一緒に温室を出るとアリシアは、することもほとんどなく、着ていただけのコートを脱ぎながら尋ねる。

「すぐ戻りますから、少しお待ちいただいても大丈夫ですか？」

「うん、いいけど」

そうしてカイルからコートと手袋を返してもらうと急いで家に向かった。洗濯物をまとめてカゴに入れた足でキッチンに走り、起きてすぐに用意していた包みを手に取る。

受け取ってもらえるだろうか。不安で心臓が大きく跳ねたけれど、約束を守ってくれたカイルなら受け取ってくれるような気がした。

「待ってるって言ったんだし、急がなくても良かったのに」

カイルは息を切らして戻ってきたアリシアを見て苦笑いを浮かべる。やっぱりまた、転んだりしないか気にかけているようだ。

「お口に合うか分かりませんけど、私が焼いたパウンドケーキです。……今日のお礼に、良かったら召し上がって下さい」

王子様が食べてくれるかどうかも分からないまま焼いたパウンドケーキの包みを差し出す。

もっとちゃんとしたお礼の品にするべきかとは思った。だけどアリシアの用事を手伝ってくれたことへのお礼は、アリシアが作ったもので返した方が良いと思ったのだ。

「ありがとう。しっかりと味わって食べるよ」

「もし甘いものが苦手でしたり、おいしくないと思ったら食べるのをやめていいので」

「アリシアが作ってくれたのにそんなことしないよ」

カイルは青い袋に金色のリボンが巻かれた掌の上の包みをじっと見つめ、アリシアに視線を戻した。

「アリシア、午後は何か予定が入ってる？」

「特にこれと言った用事はないです」

「それならハプスグラネダ領を少し案内して欲しいんだ」

突然の申し出にアリシアは首を傾げる。

ハプスグラネダ領は良いところだと思う。でも、王都に住むカイルが見て楽しいと思えるような場所などあっただろうか。

「案内って言っても……観光して楽しい場所も別にないと思いますけど……」

「そういう場所じゃなくていいんだ。もっとこう――」

そこでカイルは口を閉ざした。何かを考えているようだ。少しして、考えがまとまったのか再び口を開く。

「ゆっくりとか、のんびりできる静かで落ち着く場所があったら教えて欲しい」

アリシアには想像がつかないだけで、やはり第三王子も大変なのだろうか。

そもそも王都を離れてハプスグラネダ領に来ているくらいだし、喧騒を忘れてのんびりしたい時だって普通にあるのかもしれない。

そんな時、アリシアは良く行く場所があった。カイルさえ構わないのであれば案内してみようか。

「でしたら小さいですけど泉がありますから、そこで良ければご案内できます」

「うん。そこで一緒にパウンドケーキを食べてお茶にしよう」

「じゃあハーブティーをご用意して持って行きますね。苦手なフレーバーとかありますか？」

「特にないかな」

当たり前のように一緒に出掛ける予定を立て、アリシアは口を噤《つぐ》む。

——これではまるで、恋人同士がデートに行くみたいだ。

だけどすぐに、それは自分に都合のいい空想でしかないのだと打ち消した。

「アリシア」

門のところまで送って行こうとすると名を呼ばれる。

視線を向ければ、カイルが手を差し伸べていた。また手を繋ごうということだと思ってもいいのだろうか。

躊躇《ためら》いがちに手を重ねる。指と指が絡んだ。穏やかな温かさに、それだけで胸がいっぱいになる。

今度は星ではなく苺の話をした。いつ実が生るのか、あの巣箱はどうするのかと言ったことだ。

たくさん実が生って、いざ収穫をするという時にミツバチがいると危ない。だから巣箱はその前に頃合いを見計らって温室から撤去することになる。

上手く誤魔化せるとも思えず正直に話せば、カイルは案の定と言うべきかまた手伝いを申し出た。

本当にずるい言い方をする王子様だと思う。

でも、内心では責めながらも断らないアリシアは、もっとずるいに違いない。

「また後で迎えに来るよ」

午後の約束は一時からになった。

どんどん二人で重ねる時間が、アリシアの中にカイルが占める割合が増えて行く。

その感覚は怖くて、蕩《とろ》けそうなほど甘かった。


バスケットを持って門へ向かうと朝と同じようにカイルが先にいた。今度こそ待たせないよう十分前に来たのに何の意味もない。

「朝もでしたけど、何分前からいらしてるんですか？」

「家からアリシアの家まで何分かかるか、まだきちんと把握できてないからね。早く出たら早めに着いてるだけだし、気にしなくていいよ」

少なくとも今日すでに一往復しているのだからある程度の予測は立てられそうな気はするのだが、そういうものなのだろうか。それに微妙に答えになってない気がする。

「泉まで馬を連れて行ける？」

「あ、はい」

「じゃあ、おいでアリシア。道案内して」

そうして王子様は当たり前のように馬上から手を差し伸べるのだ。

ハプスグラネダ家の裏手にある森は明るい日差しが差し込み、木々に茂った緑の葉が眩しいくらい輝いていた。さらに天気が良いせいか、どこからともなく小鳥の囀《さえず》りが森中に響き渡っている。

光に溢れる森の中の小径を白馬と共に歩く王子様の姿は、さながら絵本の世界の光景のようだ。

そしてひっそりと奥深い場所に隠された静かな泉では、悪い継母や魔女に騙されて長い眠りにつく美しいお姫様が、王子様の到着を健気に待ち続けているのだろう。

一着しかないドレスを台無しにしてしまったアリシアは、そこで紡がれている物語には入れない。

何もないように見えて、薄くとも頑丈な膜で世界を分断されているからだ。

けれど、これがもしアリシアではなく七年前の夜会で見たプラチナブロンドの綺麗なお姫様だったら、さぞや絵になったことだろう。

根本的に見ている世界の違うアリシアは互いの手を取って幸せに暮らす王子様とお姫様を、絵本の外から眺めるしかできない。

変身の魔法も眠りの呪いも、王子様と結ばれる運命にあるお姫様だからかけられるのであって、普通の女の子はあくまでも普通の女の子のままなのだ。

「アリシア、ここで合ってる?」

声をかけられたアリシアは浅い思考の海の底から意識を浮かび上がらせた。顔を上げると突然木々が拓けた空間が広がっており、左右を色とりどりの花に縁どられた小さな泉が見える。

何度もこくこくと頷くとカイルの優しい声がした。

「今日は早く起きたし疲れたかな」

「いえ、大丈夫です」

早く起きたがそれ以外は何もしてない。ましてやカイルにあれだけ手伝わせておいて疲れたなんて言っていたら、ハプスグラネダ家の名が廃る。

それを言うならカイルの方こそ疲れが見えていてもおかしくないのに、その様子は全く見受けられない。王子様に限らず王族というものは優雅に構えてこと動かない人種という認識だったけれど、少なくともカイルは当てはまらないようだ。

身を乗り出せば泉に手を浸せるくらいの場所に布を敷いてお茶の準備をする。

せっかくの香りが飛んでしまわない寸前まで熱したお湯で淹れたカモミールティーをポットから注ぐと、りんごのそれと似た甘酸っぱい香りがたちまち広がった。

「好き嫌いはないと仰っていましたからカモミールティーにしましたけど、大丈夫でしたでしょうか」

「うん、良い香りがする」

貴族のお茶会で好まれる繊細な意匠を凝らした陶器のカップではなく、持ち運び用の質素なカップでもカイルが持つだけで不思議と質が良く見える。

この王子様の持つ補正はどれくらい粗悪な品まで適用されるか、もし機会があれば一度試してみたいものだ。

アリシアがそんなことを考えている一方で、紅茶を飲んだカイルは皿に並べられたアリシアお手製のパウンドケーキを興味深そうに眺める。

「この赤いのは苺？」

「はい。前に収穫できたけど食べきれそうになかったので、乾燥させて蜂蜜酒に漬け込んだんです」

「蜂蜜酒を口にするのは初めてだ」

焼けば多少はアルコールも飛ぶけれど蜂蜜酒自体は些《いささ》かクセが強い。

そもそもの蜂蜜も苺の受粉作業をした際の副産物だから、他の植物の蜜で作られた蜂蜜酒に漬け込んだ場合と比べたら違和感自体は少な目だと思う。だけど蜂蜜酒そのものが苦手ではどうしようもない。

アリシアは今さら後悔した。

贈られた相手が苦手な料理を作っても、ただの好意の押し売りにしか過ぎない。おいしくないと思ったら食べるのをやめていいとか、そういう問題ではないのだ。

半ば固唾を飲んで見守るアリシアにカイルは笑顔を向ける。

「おいしいよ」

「甘すぎたりもしないですか？」

「うん」

「良かった」

アリシアは胸を撫で下ろし、自分もパウンドケーキを一口齧《かじ》った。

「でも今度からは、カイル殿下のお好きなものを作るようにしますね」

そう口にして、とんでもないことを考えなしに言ってしまったことに気がつく。

また何かを食べてもらおうだなんておこがましすぎだ。

「あのっ、やっぱり……」

やっぱり、今のは、なしで。

アリシアが発言を取り下げるより先にカイルが「楽しみにしてる」だなんて笑うから、アリシアは俯いて言いかけた言葉を飲み込むしかなかった。

でもそんなのはただの社交辞令だ。

本気で次も食べたいなんて思っているわけではない。

温かな紅茶とほんのりと甘い焼きお菓子で小腹が満たされれば、それだけで気分もかなり落ち着いて来る。浮足立つ心も冷静さを取り戻した。


どれくらい、互いに無言のまま穏やかな時間を過ごしていただろうか。

「静かで落ち着く、良いところだね」

本当に気持ちが静かに凪いでいるのか、柔らかな声でカイルが口を開いた。その様子に案内して良かったと、アリシアも小さな笑みを浮かべて答える。

「今はまだ水が冷たすぎるからダメですけど、夏になると泉に足を浸すのがとても気持ち良いんですよ。それと冬は空気が澄んでるから星も綺麗で」

「夜、一人でここに来るの？」

アリシアの言葉を遮ったカイルの声には若干の険しさが帯びていた。何故か過保護なところがあるから、アリシアが夜に一人で外を歩いていたのが気になるのだろうか。

何らかの危険なことが過去にあったのなら、アリシアは今ここにいない。大したことじゃないと首を振って否定する。

「兄と夜中に家を抜け出して来て、すごく怒られたんです」

肩を軽くすくませ、子供の頃の失敗談を話す。

「……昔のことなのに、心配した」

「ごめんなさい」

「また星を見に来たい？」

「はい」

問いかけられて素直に頷くと、カイルは小指を立てた右手を差し出した。

「じゃあ、冬までの間に俺のことをもう少しでも信頼してもらえるようになったら、一緒に見に来よう」

「いいんですか？」

「うん。そんなに綺麗なら俺も見てみたい」

それなら、と指を絡めて約束をする。

朝言っていた〝王都では見られない、いちばん綺麗な星〟をハプスグラネダ領でも見せてあげることはできなくても、せめて〝二番目に綺麗な星〟は見せてあげたいと思った。

「あ、でも」

一緒に来るのは全然構わない。けれどその為にはカイルがハプスグラネダ領にいる必要がある。

冬までに王都に戻ったりしないのだろうか。

それを尋ねるとカイルは口を噤《つぐ》んで考え込むそぶりをした。

「一応、一年はハプスグラネダ領にいる予定だし……仮にもしそうでなくなっても、アリシアが約束を守って欲しいなら来るよ」

「そもそも、どうしてカイル殿下はこちらにいらしてるんですか？」

ついでとばかりに疑問を本人に投げかける。カイルは少し意地悪そうな顔で笑うと答えた。

「今はまだ秘密」

まだ〝知り合って間もない〟アリシアが教えてもらえるとも思ってはいなかったが、それにしても今は秘密とは一体どういうことだろう。意味が全然分からない。

「心配しなくても、たとえばハプスグラネダ家の土地や資産を奪い取ろうとしてるとか、そんな物騒な目的じゃないよ」

「それなら良かったです」

この様子なら一方的な取引や合意の上だとしても、父がハプスグラネダ領の一部を売却なり処分したりする心づもりがあるという話でもなさそうだ。あの別邸の恩恵を思えば王家への売却が悪い話ではないと分かっていても、慣れ親しんだ土地がハプスグラネダ領ではなくなるのは寂しい。

もっとも、カイルがそれを目的にはしていないというだけで、水面下ではそういう話が出ている可能性は当然あった。だけどアリシアが口を出せる話ではなく、あくまでもカイル自身は個人的な理由で滞在しているのなら、とりあえずそれで良かった。

「――でも」

カイルは冷めてしまった紅茶を一口飲み、さらに意味深に唇の端を上げる。

「ハプスグラネダ伯爵夫妻にとって、とても大切な宝物を奪おうとはしてるかもしれないかな」

アリシアは首を傾げた。

結局のところ、やっぱり意味が全然分からない。

□　□　□

今日は図書館の仕事を手伝う予定の入っているアリシアは、あらかじめ兄と一緒に作成しておいた目録を片手に、整然と並ぶ本棚を一段ずつ確認していた。

適度な場所に作った隙間へ新しく本を入れ、それを目録に書き足すという地味な作業を繰り返す。

(この本は、この棚……と)

今までは年に一度、新しい本が数冊入れば良い方という形ばかりの図書館だった。

それが次期領主である兄の提案で、蔵書の強化に重きを置かれるようになったのはこの春のことだ。二か月に一度の割合で領民たちから希望の高い本を中心に、分野を問わず十～二十冊程度が入ることになっている。

元より読書家な兄は七年前に見た王城の図書室に強い感銘を受けていた。

もちろん歴史ある王城の図書室が質量共に誇る蔵書と比べれば一朝一夕で追いつけるはずもない

けれど、いずれは良い図書館になるだろう。

アリシアも本を読むのは好きだ。新しく知識を吸収して行くことは楽しいし、自分の世界が広がりを見せるのも面白いと思う。

けれど苦手意識の克服がなかなかできない分野はある。何故そうなるのか、理屈が明確に示されていても数学だけはずっと苦手だ。

計算は普通にできる。使う公式を覚えられないわけでもない。なのに苦手意識を拭えなかった。

苦手と言えば……と、棚に入れようとしていた本に視線を落とす。

(希望が多かったみたいだけど)

ざらざらした手触りの白い表紙に淡いピンク色で文字が刻まれたそれは、王都で少し前に流行ったと噂の恋愛小説だった。王子様と街娘が身分差を越えて結ばれるラブロマンスが人気を博した内容らしい。

品切れ続きなほど人気があるという評判をどこからか聞いた少女たちの希望を受け取り寄せたところ、さほど苦労もせずすんなり買えた。流行遅れなことが、元より流行り廃りのないこの領地ではちょうどいい具合に作用したのだ。

そんなに面白いのかと興味を惹かれ、荷物を解く時にページを適当に開いて読んでみたりもした。でもアリシアにはその面白さが良く分からなかった。

ふと考えてみれば恋愛小説自体、王城の夜会に出たあの日から読んだ記憶がない。自分の初恋は実らないと分かっていたから、作り物でも幸せな恋物語に触れる気にはなれなかったのだ。

（お兄ちゃんに頼まれた作業を早く終わらせたら、目当ての本を探さなきゃ）

息を一つ吐き、軽く頭を振る。

数学は苦手なのに近所に住む顔馴染みのおばさんから、娘の勉強を見て欲しいと頼まれていた。本当は数学の得意な兄が受けられれば良かったけれど、兄は何かと忙しいし教える相手は年頃の少女だ。手が空いていたとしても兄では頼みを受けにくかったように思う。

家族ぐるみで子供の頃から親しい相手だし、頼られるのは嬉しい。アリシアが、数学が得意ではないというだけで。

木製の梯子に乗って棚に隙間を空けていると静かな図書館に騒めきが響く。

（何かあったのかしら）

声が上がる範囲は徐々に広がりを見せ、普段とはまるで違う様子にアリシアはそれだけで原因を察する。興奮を抑えようとしながらも隠し切れない少女たちの囁き声が、アリシアの予想は正解だと暗に仄めかしていた。

周囲の音にもかき消されることのない力強い足音が一つ、騒めきを忠実な家臣さながらに従えてゆっくり近づいて来る。足音が時折止まるのは何かを……あるいは誰かを探しているからだろう。

背筋が伸びて堂々とした、真っすぐな歩き方をしていると思わせる凛とした音はアリシアの胸を高鳴らせた。そして、当たり前のようにそれを聞き分けることができる自分に改めて驚く。

「ああ、ここにいた」

声と共に現れたのは、やはりカイルだった。王族育ちというだけあって人目を集めることには慣れきっているのか。四方から絶えず注がれる視線を一切気にした様子もない。

カイルがハプスグラネダ領に来たことは予想していた通り、ミツバチの巣の設置を手伝ってもらった翌日の新聞に載った。

だから皆が第三王子の訪問を知っているし、見覚えのない人物を王都から来た第三王子と認識しているのはほぼ間違いない。それでも王子様というのは遠い存在すぎて実感の沸かない相手のようだ。

アリシアもあの日、家の前でなければ話しかけることもなかった。

気軽に近寄れない雰囲気があることも分かる。

実際、カイルも話しかけられたことは一度もないらしい。

カイルが気難しく扱いにくい王子様ではないとアリシアは知っていても、領民たちから見たカイルは領地を訪れた目上の客人だ。一人一人の言動でもハプスグラネダ領全ての言動として受け取られる。

何が引き金になって怒らせ、政治問題に発展してしまうか分からない以上、無暗に話しかけないというのは正しい選択だった。

けれどそれは、カイルは王子様で違う世界の存在なのだと、アリシアが現実を忘れて身の程を越えた夢を見ないよう突きつけられている気もする。

「カイル殿下……」

アリシアは声をかけられた途端、自分へと流れて来る視線の居心地の悪さに身じろぎをした。本棚の奥が壁に面しているから視線は正面の一方向からのみで、間の通路もさほど広くないことがせめてもの救いだった。

年は違っても少女たちとは顔見知りの間柄だ。王子様が親し気に話しかけたからと言って敵意をぶつけてくるでもない。でもその代わり、羨望と好奇は痛いほどに伝わってくる。

アリシアは自分が梯子に乗ったまま、カイルを見下ろしていることにようやく気がついた。適当に本を棚に入れ、下りようとするとすかさずカイルが手を取って支える。

「危ないから捕まって」

「あ……。ありがとうございます、殿下」

梯子の昇り降りは何度もしているけれど、好意を無下にもできなくてお礼を言って手を借りた。まるで夜会に現れた貴婦人をエスコートするような仕草に、少女たちからうっとりと感嘆の声が上がった。これで自分は特別なのだと優越感を感じられる性格であれば良かったものを、アリシアの心は重くなる一方だ。

ともすれば詰まりそうになる息をカイルには悟られないように整えて尋ねる。

「どうしてこちらに？」

「アリシアの家に行ったら図書館にいるって言われたから見に来たんだ」

質問を間違えたと後悔しても遅い。

でも何を聞けば苦しくならないのか想像もつかない。

「わざわざ足を運んで下さったなんて、私に何かご用がおありでしょうか」

「いや特にないけど」

「そんなにお暇なんですか？」

「アリシアに会えないと暇だね」

この王子様は人前で何てことを言うのだろうか。カイルの発言を聞いた少女たちからたちまち悲鳴のような歓声が上がる。

アリシアが視線だけで発言の撤回や弁明を求めても、カイルは向けられた視線の意図に気がついているだろうに知らない振りをした。それどころか話題を変えたいのか、アリシアの背後の本棚に並んだ表紙を見て意外そうな顔をする。

「アリシアも、そういう本を読むんだね」

カイルの言う〝そういう本〟が恋愛小説を指していることに気がつかないわけがない。

しかしアリシアはそんなに年頃の娘らしい色気も感じさせないのだろうか。とは言え色恋沙汰に興味があると言って良いものかどうか自分でも分からない。

「私が読んでいたらおかしいですか？」

「おかしくはないけど、苺の栽培以外のことには興味がないと思ってた」

「今は本を棚に入れる作業をしていただけですから、読んでいるわけでもないですけど」

どう答えるべきか迷った挙句、我ながら可愛げのない返事になってしまった。

何故か先程から心がささくれ立っている。いや、何故かなんて原因は分かっている。分かっているけど形にならない。

人気など普段はほとんどないのに、王子様がいるということが広まったのかどんどん野次馬が集まって来ている気がした。明日から、カイルとは何でもない、立場上アリシアが色々と案内しているだけだとあちこちに説明しなければならない日々がはじまると思うと憂鬱になる。

娯楽のない田舎に王子様が来るということ、しかも少女たちの喜びそうなロマンスが匂わされるということがどれだけ大きいか。何も分かってないカイルが憎らしくすら思えた。

わけも分からないまま不機嫌な感情が顔に出てしまったらしい。カイルの指がアリシアの頬にそっと触れた。ひんやりと優しい感触に弾かれたようにカイルを見ると、申し訳なさそうな色を浮かべる目と視線が重なった。

「……ごめん、アリシアを見世物にしたかったわけじゃないんだ。ただ……会えたらいいなと思って、ここに来たら会えるかもしれないと思ったから」

ずるい。

何度だって思う。

本当に、ずるい言い方ばかりする王子様だ。

アリシアは俯きながら首を振った。揺れる度に離れて行くカイルの指をほんの少し名残惜しく思い、再び顔を上げる。

話しながらでも自分の探し物をしてしまおうと、チェックの終わった目録を持ったまま棚の間を歩いた。

カイルも当然のように後をついて来る。そのことにどこか安堵もして学術書の並ぶ本棚の前で立ち止まった。恋愛小説ではなく真面目な本を好んで読むのだと、遠回しに主張しているような気にもなったけれど実際に用があるのだから仕方がない。

「アリシアは高等部を卒業してると思ったけど、勉強熱心なんだね」

年齢の話をしたことがあっただろうか。

疑問に思いながらも、カイルの口ぶりからどこかでしたかもしれないと思い直して本を下の段から探して行く。やがて目当ての本を見つけたけれど、上の方の棚にしまわれていて背伸びしないと届きそうにない。

「必要なのは青い背表紙に【中等部の優しい数学】って書いてある本？」

視線を追ったカイルに尋ねられて頷く。カイルは手を伸ばすと簡単に本を取ってみせた。

差し出された本を受け取り、アリシアは目録と共に胸に抱え込む。

「ありがとうございます」

「まだ図書館には用事があるの？」

「兄に頼まれていた新しく入った本の整理も終わって、目当ての本も殿下のおかげで無事に手に入りましたから、この目録を奥の部屋に戻したら帰ります」

そう言って目録を見せると、顔を左側の本棚へと向けた。ここからでは本棚に隠れて見えないけれど、図書館の奥には兄が私室も兼ねて使っている小部屋がある。

勉強を教える為の準備も終えるつもりでいたのは言わなかった。本を返しに来る手間がかかるだけで家でもできるし、今は帰った方がいいだろう。

「じゃあ送って行くよ。一緒に帰ろう」

図書館内で問答を続けていても注目を集めるばかりで落ち着かない。アリシアは避難の意味も込め、一旦奥の部屋へと移動することを素直に決めた。

カイルが差し伸べた右手を取れば、すぐさま指が絡められる。

できるだけ冷静を装ってみても無理だった。どうしたって耳まで赤くなってしまうし、心臓だって痛いくらい早鐘を打つ。

指先からアリシアの気持ちがカイルへと流れ込んでしまうかもしれない。

でも、カイルが何を思っているのか。

それは決して、アリシアへと流れては来ないのだ。


兄から借りているマスターキーを使い、鍵のかけられた扉を開く。

まだ夕方だけれど、さほど広くない中は薄暗い。読書室兼執務室と言っても、元は倉庫であった部屋を無理やり使っている為だ。

換気用と明り取り用とを兼ねた小さな窓があるにはある。だけど差し込む日光で本が紙焼けしないように普段はカーテンで覆われていた。

中に入ってすぐ右手側にあるスイッチで明かりをつけ、アリシアは室内に入った。

扉の正面には仕事用と思われる机と椅子が、唯一の小さな窓を背にして配置されている。窓の周辺をのぞき、壁に沿って扉付近まで並ぶ本棚にはこれでもかと言わんばかりに本が所狭しと収められていてもなお、入りきらない分があちこちに積み上げられていた。

そして中央よりやや奥、仕事用の机と垂直の角度に読書用のカウチソファーと小さなガラステーブルが陣取っている。

「あ……」

「アリシア、他に用事があったの？」

案の定、気がついた時には遅かった。

ソファーに腰かけたカイルが、ガラステーブルの上に置きっ放しにしていた一冊の本を手に取ってめくっている。

それは中等部で使われている数学の教科書だった。

「近所のおばさんに、中等部に通う娘さんの勉強を見てあげて欲しいって頼まれたんですけど私、数学は苦手で……。当日に慌てないように、自分なりに参考書みたいなのを用意しておこうと思ったんです」

だから先程取ってもらった本を必要としていた。事情をかいつまんで話せば、カイルは穏やかな笑みを浮かべる。

「勉強を教えてあげて欲しいとか、アリシアは周りの人に頼られてるんだね」

「私より兄の方がよっぽど優秀ですけど兄も忙しいし、逆に私は手が空いているので」

「それなら俺も手伝うよ」

「えっ」

アリシアは驚きに声を上げ、カイルを見つめた。

つい先日だって、ミツバチの巣箱の設置というアリシアの仕事を手伝ってもらったところだ。そのうえ今回は完全にハプスグラネダ領内の雑用である。とても王子様を巻き込めるような内容じゃない。

どうして、王子様なのに手伝うなんていとも簡単に言ってしまえるのだろうか。

「俺に中等部で教わる程度の数学が分かるわけがないと思ってる？」

「そんなこと、思っていません」

かろうじてそこだけは否定したは良いが、後の返答に詰まって俯く。

目録を兄の机の上に置き、不自然に見えないよう、さりげなく顔を背けた。

「帰ったら兄に手伝ってもらいますから」

だからもう帰る。

言外にそんなニュアンスを込めて言うとアリシアはカウチソファーへ歩み寄った。

教科書とノートを家に持って帰らなくては手伝ってもらえない。

しかしカイルは教科書を返そうとすらしてくれなかった。

「……殿下、」

「今出てったら、まだ図書館にはそれなりに人が残ってるんじゃないかな。鍵を持ってるからアリシアはいちばん最後まで居ても施錠して帰れるだろう？」

アリシアの言葉は途中で遮られた。

閉館の時間まであと一時間ほどある。カイルの言うように、館内には人が残っているだろう。このタイミングで戻ったら、きっとまた人目についてしまうに違いなかった。

……ずるい。

ずるいけれど、本当にずるいのは。

「それじゃあ、少しお願いしてもいいですか？」

「うん」

本当はカイルの傍にいたいくせに素直になれず言い訳をして取り繕い、カイルの言葉に流された振りをする自分自身なのだと思った。

目録を机の端に置き、アリシアはゆっくりと椅子を引いた。ガラステーブルの方へ持って行く為に持ち上げると、様子を見ていたカイルから声をかけられる。

「何しようとしてるの」

「椅子を、そちらに持って行こうかと」

カウチソファーは一人掛けなのだろう。あまり大きくはなかった。だからカイルが先に腰を下ろした後、アリシアは隣に座るわけにも行かずに立ったままでいた。

かと言って、アリシアがこのまま立っていたらいたで、カイルは気を遣ってしまうに違いない。それで椅子を持って行こうと思ったのだ。

答えてから、カイルに兄の仕事机の方に座ってもらえばいいことに思い至った。

足の低いカウチソファーとガラステーブルでは作業するのに不便だろうし、椅子ではガラステーブルと高さに差がありすぎてそれもやりにくいだろう。

「あ、それよりもカイル殿下がこちらに……」

「立ってないで隣においで」

するとカイルが端にずれてスペースを作りながら言った。

それでも二人で座るにはまだ若干狭いことに変わりはなかったが、今まで幾度も繰り返した流れを見るにアリシアが座るまで平行線を辿る気がした。

どうせ最終的にはカイルに押し切られるのだ。

アリシアは椅子を戻して歩み寄った。

でも、傍にいられる。それはとても嬉しい。

「お隣にお邪魔します、殿下」

「いらっしゃい」

思い切って隣に腰かけながら声をかけると楽しそうな声が返って来る。

少しでも右に動けば簡単に肩が触れ合ってしまう。アリシアは行儀よく膝に両手を乗せ、借りて来た猫のように身を縮ませておとなしくしていた。

「狭そうだね。もう少しこっちに寄ったら？」

「だっ、大丈夫ですからお構いなく」

掌側をカイルに向け、両手をぶんぶんと振る。

頬が熱い。

目に見えて真っ赤になっているに違いなかった。

「そう。残念」

せっかく好意で言ってくれたのに、アリシアが意識しすぎたせいで無にしてしまっただろうか。兄もせめて、もう少し大きいソファーを置いていてくれたら良かったのに。

本来は兄一人が利用する場所を借りていることも忘れて、アリシアは内心で兄を咎めた。

「教えて欲しいって頼まれたのはどの辺り？」

「えと……このページからはじまって……ここまでです」

数学の苦手なアリシアが口で説明するより、実際に見てもらった方が話が早い。

アリシアは教科書を返してもらうとガラステーブルの上でページを広げて見せる。

ページ数にして二十ページほどの量だ。

教える期間を考えると、これくらいの範囲だろう。足りないようならその時は兄を頼ればいい。

アリシアの右隣に腰を下ろしたカイルは開かれた教科書を手に取り目を通す。

口元に手を当てて何か考えている様子の横顔を、アリシアは息を詰めて見守った。カイルはしばらくの沈黙を置いた後、考えがまとまったのかペンを手にするとノートに書き込みをはじめる。

真剣な表情を浮かべるカイルを眺めていたら見惚れてしまいそうだった。何かの弾みで好きだという気持ちも零れてしまうかもしれない。

アリシアの気持ちを伝えたところで、彼には本当のお姫様がいる。それこそ――迷惑に、思われるだけだ。

（私にも何か出来ることはないかな）

お茶でも淹れようと腰をわずかに浮かせた。

一度部屋を出る必要はあるが、近くに茶葉やカップを常備している部屋があるはずだ。

けれど立ち上がることは出来なかった。

反射的にカイルを見やると、腰を浮かせている為にますます近くにあるその顔はアリシアを真っすぐに見つめている。その左手がアリシアの右手首を掴んでいた。

急に動いたから身体がぶつかってしまったのかもしれない。謝ろうとするその前に、カイルが口を開いた。

「どこに行くの？」

「隣で見ているだけなのも申し訳ないので、お茶でも準備しようと思って……」

何故か妙な迫力に気圧されて口ごもった。

カイルに面倒なことを押しつけて一人で帰ろうとしたとでも、誤解されてしまったのだろうか。

でも、もちろんそんな無責任なことをするつもりは全くなかったし、アリシアは困ったように眉尻を下げた。

カイルは一つ溜め息をつき、手首を掴んだまま再びアリシアを座らせる。

「お茶はいいから、すぐ終わらせるしそれまでは隣でおとなしくしてて」

「あの私、一人で先に帰ろうとしたとかじゃなくて」

「それくらいちゃんと分かってるよ。俺がアリシアに隣に座ってて欲しいから、そうして欲しい」

「……はい」

そんな言い方をされたら頷くしかない。

アリシアは膝の上で両手を重ね、さらに身を小さくした。

こっそりと視線を巡らせると端正な横顔があった。アリシアの方を向いてはいないけれど、すぐに目のやり場に困ってしまう。結局、カイルの手元を見るのが精一杯だった。

しなやかで長い、綺麗な指だ。まがりなりにも第三王子なのだから、王城で力仕事なんてしたことは一度もないのだろう。

それが悪いと非難したいのではない。カイルはそういう立場にいて本当ならアリシアの隣に座る機会なんてまずない、根本的な立ち位置からして遠く離れた存在だということだ。

だけど実際はこうして、肩が触れ合うほどの距離でアリシアの隣にいる。力仕事や雑用ですら手伝うと言ってくれる。

王子様なのに、王子様じゃないみたいだった。

もしかしたらアリシアの手でも、手が届いてしまうのではないか。そう思ってしまう。

好きになってもいいのかもしれない。

そう、錯覚してしまう。

二人だけの部屋で、カイルが綺麗な文字を書き連ねて行くのを見守る。

座る前に、お茶の準備をしてしまえば良かった。

そう思ったところで今さら何がどうにかなるわけでもない。せめて邪魔にならないようにできるだけ息を潜めていると、ふいにカイルが手を止めてアリシアを見た。

「退屈？」

「えっ」

アリシアは驚きに目を丸くしてカイルを見つめ返す。

そもそも頼みごとをしたのはアリシアの方だ。手間のかかる作業をさせてしまって申し訳ないと思いこそすれ、退屈だなんて思うはずがない。

カイルは困ったように眉尻を下げた。

「俺が、どこにも行かずに隣で座ってて欲しいって言ったから、やることがなくて困ってるんじゃないかと思って」

「それは」

確かにその通りとは言え、肯定も否定もできずに返事が濁る。アリシアは俯き、両手の指を所在なさげに組んだ。どう答えたらいいか迷っていると、カイルが提案を切り出した。

「アリシアさえいいなら、鍵を預かるから先に帰っていいよ。終わったらちゃんと図書館に鍵をかけて君の家に届けるし安心して」

「そんなこと殿下にさせられません」

咄嗟に首を振って再びカイルを見上げれば、どこか人の悪い笑みと目が合った。思惑通り、とでも言いたげな表情をしている。

アリシアの反応を見越してわざとそう持ちかけたのだ。

でも退屈を覚えていたり、一人で先に帰りたいと思っていたりしたわけではない。良いように誘導されたのは事実ではあるのだろうけれど、それを不快だと思うこともなかった。

「大丈夫です。おとなしく待ってます」

アリシアからそう口にすれば、たちまちカイルが嬉しそうに破顔した。

——そんな顔を、されたら。

一緒にいられるのが嬉しいと思ってくれていると、自惚れた勘違いをしてしまう。

「うん。出来るだけ早く終わらせるから、そうしたら一緒に帰ろう」

こんな些細なことでも嬉しいと思ってしまうくらい、カイルのことが好きなのだと初めて実感する。

でも、実感したところで報われない想いを抱えるだけだ。

手を繋いだって、座る位置が近くたって、その奥にある心の距離は全然近くない。近づく気配さえもなかった。

それならば、いっそ関わらない方が傷つかないし、何よりも自分自身の為だ。

頭ではそう分かっているのに。

いくら自分に言い聞かせたって、七年前に初めて会った時からカイルに惹かれている心は立ち止まってくれない。アリシアには、想いが伝わらないよう懸命に抑えつけることしかできなかった。

「……き」

自分が発した声に、アリシアははっとして目を開けた。

今にもお互いの鼻先が触れそうなほどの距離でカイルの顔がある。何度瞬きを繰り返しても、消えてなくなりはしなかった。しばらくして自分がうたた寝をしてしまったうえに、カイルの肩にもたれていることにようやく気づく。

「ご、ごめんなさい！」

「今起こそうと思ってたんだ」

雑用を押しつけておきながら、何をしているのだろうか。

急いで身体を離す。後頭部から伝わる、固いけれども優しい感触が離れることを惜しむよう、胸がわずかに軋《きし》んだ。

「日が暮れて来たから、さすがにそろそろ帰らないといけないだろう？」

カイルはいつもの優しい笑みを浮かべながら告げる。けれど、その言葉に一気に現実に引き戻された。

と同時に無防備な状態を晒した自分が、無意識のうちにこれ以上のとんでもないことをしでかしてはいないかと気が気でなくなった。

「あの私、寝ている時に変なことを口走ったりしていませんでしたか」

「変なこと？」

確認するにもひどく勇気のいることを尋ねると、カイルは不思議そうな顔をした。

ほっとしたような、残念なような、二つの感情が入り交じったままアリシアは首を振った。

「いえ……。何も言ってないならいいんです」

思わず眠ってしまっている間に、カイルが耳元で「好きだよ」と優しく囁いてくれた。だからアリシアも素直に、自分も好きと答えた。

でもやっぱり、あれはカイルの肩にもたれて心の奥底まで満たされた状態が見せた甘い夢だったのだ。そうでなければ、カイルがまだ〝知り合って間もない〟アリシアにそんな好意を抱くはずがない。

「ここまででいいのかな」

「本当にごめんなさい……。私、面倒な作業をお願いしたのに無責任に眠ったりして」

「いや、時折アリシアの寝顔を見て癒されたりしてたから」

寝顔をしっかりと見られていた。アリシアは気恥ずかしくなって、慌ててカイルがまとめてくれた文書の束を手に取ると目を通す。

「ありがとうございます。本当に、お疲れ様でした」

カイルが書いてくれたそれは、アリシアが中等部の時に使っていたテキストより分かりやすい説明だった。もちろん、数学の苦手なアリシアが一人で作ろうとしていたものの出来なんて、到底足元にも及ばないだろう。

そうして最後まで結局カイル一人に作らせてしまったお礼を言えば、カイルは悪戯っぽい笑みを浮かべてみせる。

「これで少しは遊び歩いてる暇な放蕩王子じゃないって見直してもらえた？」

「……意地悪」

そんなに暇なのかという図書館での言葉を根に持っているのか、揶揄するような声色にアリシアは思わず頬を膨らませた。

家柄は第三王子という身分上、何の問題もない。

見た目も、さぞかし社交界でもてるだろうと思わせる。

性格だって特に大きな短所はない。

馬に乗れるのだから運動神経は人並み以上にあるだろう。

これで頭も良いなんて、王族とは言え神から与えられすぎだ。アリシアが知らないだけで、どこかに致命的な欠点がないと不公平な気がする。

でもその欠点が、歌うことが下手だとか絵心が全くないとか、手先が不器用すぎるとか言った芸術的な分野であったら、それは人間くさいと美点になるのだろう。

「じゃあ、意地悪ついでに俺からもアリシアに頼みごとを一つしようかな」

粗探しをするように見つめていると突然、カイルから提案された。カイルが何を思っているのか分からず、アリシアは真意を探るような目を向ける。

もう何度もお世話になったのだ。カイルの要求があれば聞くのが当然だった。けれど意地悪ついでなんて言われては、さすがにアリシアも警戒してしまう。

思わず身構えるアリシアにカイルは何でもないことのように〝頼みごと〟を告げた。

「その、カイル殿下って言うのやめて欲しいんだけど。呼び捨てにしていいし、敬語も使わなくていい」

「そ、そんなことできません」

「いきなり変えるのは難しいだろうから、少しずつでいいよ」

多少は親しくさせてもらっているとは言っても、王族と地方貴族の娘とでは身分があまりにも違う。

こうして話していることですらほとんど奇跡のようなものだ。もしハプスグラネダ家が王都にあったのなら、顔を見ることはあっても言葉を交わす機会なんてまずなかっただろう。

たとえ少しずつだろうが敬語も使わずに話をするのは非常に難しい。アリシアが無言でいると早くも痺れを切らしたのか、カイルがせっついて来た。

「ほら、練習がてら俺に何か話しかけてみて」

練習と言われても何をどう練習したら良いのか。だけどこの様子では何か話さないと収まらなさそうな気配がひしひしとする。

「カイル……殿下は今おいくつなんですか」

どうにも座りが悪くて敬称を付け足すと、すぐ隣にいて聞こえているはずなのにカイルは優しい笑顔を浮かべるだけだった。

正直少し面倒な流れになったと思いながらアリシアは静かに息を吐き、半ば捨て鉢で尋ねた。

「カイルは何歳なの?」

「今年の八月で十九だからアリシアと同じだよ」

「そうなんですね」

根拠もなく漠然と、一つか二つくらいカイルの方が年上だと思っていた。

それは多分、王族のカイルはたくさんの大人に囲まれており、物腰が大人びているせいなのだろう。

「勉強は家庭教師の先生に？」

「そうだね。時間が惜しかったから最高学府で習うことまでは、去年までに全部終わらせたんだ」

「最高学府の分まで？」

アリシアは驚いて目を見開いた。

ハプスグラネダ領にはそんな立派な教育機関はないが、最高学府を卒業するには最低でも四年かかると聞いたことがある。だから後学の為になることでもそんなに長い間家を空けられないと、兄は進学を諦めていた。

泉に行く前にも、思ったではないか。

王族もアリシアが考えているほど気楽な立場ではないのかもしれないと。

カイルは普通なら六歳から二十二歳の十六年間で履修することを、六歳から十八歳のたった十二年間で履修していた。

そして王族の一員でもあるカイルには、覚えることは他にも山ほどあったことだろう。労力と言った目には見えない対価をカイルがどれだけ支払ったのか、アリシアには知る術もない。

けれどきっと、そうしなければカイルの望む自由が得られることはなく、そうまでしてカイルは自らの望む自由が欲しかったのだ。

アリシアはまだ、カイルのことをほとんど何も知らない。カイル本人が自ら言うこと以外は聞き出そうとしないのもあるし、カイルが多くを語ろうとしないから知らないままなのだ。

(――それなら)

アリシアは考える。

ハプスグラネダ領に来たことに政策的な思惑はないと言っていた。だからカイルが自分の意思で来ているのだとアリシアも思った。

けれど、無理やり時間を作ってまでハプスグラネダ領に来なければならない理由なんてあるのだろうか。

どうしてハプスグラネダ領に来たのか、泉で聞いた時は教えてはもらえなかった。

でも「今は秘密」なら、いつか教えてもらえる日が来るのだろうか。

「カイル」

「うん、もう一回呼んでみて」

「……カイル」

「なに?」

練習と称して何度も呼ばせておいて、カイルはやけに楽しそうだ。

そんな風に心の距離を縮められたら、アリシアは手に入らないものを望むほどの欲張りになってしまう。

好きになるだけでなく、好きになって欲しい。いつかそう願ってしまうに違いない。

「……意地悪」

「そうかもね」

今度はちゃんと意図して不満をぶつけたが、やはりカイルは笑顔のままだった。

図書館での一件自体は、少ない目撃者の割に噂が広まった方なのだろう。

アリシアと親しい友人の姿はなかったように見えても木曜の集まりで顔を合わせれば質問責めに合い、予想していた通りカイルとは何でもないとひたすら否定し続けることになった。

「アリシアに優しくて、良い感じの雰囲気だったたって妹が言ってたけど違うの？」

一時間ほどかけてようやく騒ぎが収まったと思えば、それまで黙っていたビビアンが刺繍を刺しながらアリシアの顔をのぞき込む。

アリシアは深く息を吐くと刺繍枠から顔を上げ、ビビアンに向けて首を振った。

「カイル殿下は私だから優しいわけじゃないわ。誰が相手でも優しい方なだけ」

「そうかなあ……」

「……そうなの」

答えに納得の行っていない様子のビビアンを横目に、アリシアは紅茶を飲んで一旦気分を変えると再び手元に視線を戻した。

長期滞在先の領主の娘が偶然、年も同じアリシアだった。それだけの話だ。

カイルはきっと、アリシアじゃない少女がハプスグラネダ家の娘として苺を育てていても、手伝ってあげただろう。

ちくり、と胸に小さな棘が刺さる。

他の女の子に笑顔を向け、優しくしているカイルの姿を思うだけで苦しい。

「でもすごくお似合いに見えたって」

「ありがとうって、ダイアナに伝えておいて」

アリシアは小さく笑うとビビアンの妹のダイアナにそう言伝を頼み、図書館の話をやんわりと打ち切った。

安物の粗雑なカップですらカイルが持つと高価なものに見える。そんな生粋の王子様であるカイルと、貴族と名ばかりの地方領主の娘のアリシアが本当にお似合いに見えるわけがない。それでも、嘘でもお世辞でもお似合いだと言ってもらえることは嬉しかった。

友人たちはまだ何か言いたそうな顔をしていたけれど、アリシアの表情に複雑な感情があることを察したのかもしれない。それ以上は誰も追及して来なかった。

あれこれと根掘り葉掘り詮索されないことは良い。

でも表向きは収束を見せながらも好奇に満ちた視線は向けられ、何も言って来ないというのもそれはそれで非常に面倒な状況だと、アリシアは初めて身を以って知った。

いっそのこと、友人たちが野次馬根性でアリシアの恋路を気にかけているのなら良かった。

実際は違う。嫁《い》き遅れることはないとしても未だ決まった相手がおらず、これまでに浮ついた話の一つもないアリシアを皆が心配し、応援してくれている。

そうでなくても王家に嫁ぐなんて、これ以上ない良縁だ。

けれど気にかけてもらったからと言って、それでどうにかなるような簡単な問題でもなかった。

□　□　□

丘を登りきると外観だけでも広さが十二分に伝わる屋敷が待ち構えていた。一階部分は高い塀に阻まれて見えないが、中は一体何部屋あるのだろうか。

普段から誰かが滞在していて、夜会などが頻繁に開かれているというのなら分かる。

でも実際は別邸を使う機会はほとんどない。訪れることも滅多にない場所と分かっていながら、たくさんの部屋を用意する意図はアリシアには分からなかった。今も住んでいるのはカイル一人だろうに、どれだけの部屋が使われているのだろう。

立派な門扉の左右には門番らしき衛兵が一人ずつ立っていた。

やはり、ハプスグラネダ家よりよほど領主の邸宅らしい佇まいだ。そのうち右側の衛兵が、貴族の令嬢としてではなく庶民の感覚で屋敷を眺めるアリシアに気がついて近寄って来る。

「失礼ですが、ご来訪の約束を取り付けておいででしょうか」

あまりにもカイルが自由に行動しているから忘れていたけれど、彼の身分は第三王子なのだ。いきなり訪ねて来て取り次いでもらえるはずもなかった。

当たり前の事実にアリシアが立ち去ろうとすると門扉が内側から開く。

「どなたかお見えになったのですか」

聞き覚えのある青年の声だ。まさかと思って視線を向ければ、それまで門の左側で微動だにしなかった門番が青年にいきさつを説明している。

翼の生えた獅子と青い薔薇を組み合わせた紋章を白い騎士服の右腕につけた青年は、アリシアに優しい笑みを浮かべた。

「お久し振りですねお嬢様」

記憶を手繰ると、すぐに青年のことは思い当たる。アリシアも目の前の青年に笑顔で応えた。

「あの時の、案内して下さった衛兵さんですよね」

「ええ、そうです。覚えていて下さり光栄に存じます」

当時はまだ少年らしい線の細さだったが、今では顔に面影を残しながらもすっかり大人の男性になっている。柔らかな人当たりと物腰も七年を経て、よりいっそう洗練されたようだった。

「お久し振りです。どうしてこちらに？」

「縁あって三年前より第三王子付きに任命されたのです。小さなレディだったお嬢様も七年の月日の間に、素敵なレディになられたようですね」

覚えていてくれたことも、社交辞令だとしても褒められたことも嬉しくてアリシアははにかむ。

カイル付きになったという彼が着ている服は、七年前の衛兵時代に着ていた物とはデザインも色もまるで違った。

第三王子付きになった衛兵だけが着る服なのだろうか。そうすると以前ハンスが見た〝第三王子付きの騎士の紋章〟とは、翼の生えた獅子と青い薔薇なのかもしれない。

刺繍糸に銀を混ぜているのか、紋章が光の加減で淡く輝いている。

綺麗にアイロンがけされて清潔感のある真っ白な騎士服はカイル本人が着てもかなり似合いそうだった。

「名乗り遅れましたが私はディアス・アークヒルドと申します。改めまして我が主カイル王子共々よろしくお願い致します」

「アリシア・ハプスグラネダです。こちらこそよろしくお願い致します」

左胸に右手を当てて会釈をするディアスに、アリシアはスカートの裾を摘まむ淑女の礼で応えた。

不思議な縁での再会に懐かしく思う一方で、ただの我儘と分かっていてもアリシアの心に小さな棘が刺さる。

七年前、王都を訪れたアリシアたちの案内をしてくれた衛兵がカイル専属の衛兵になっても、カイルがアリシアを庭園で出会った少女だと思い出してくれることはないのだ。

名乗ってない以上はアリシアだと分かるはずもないし、あくまでも衛兵であるディアスの口からアリシアの話題が出る機会などないだろう。だからアリシアの心が多少痛んだところでディアスが悪いわけでも、もちろんカイルが悪いわけでもない。

カイルに再会した時点でとうに突きつけられている事実は未だ、何度でもアリシアを苛《さいな》む。受け入れているつもりが、そうではなかった。

「もしや、王子は王都に戻ることは何もお伝えしてはいないのですか」

改めてカイルに近い立場の人物から確認されると胸が鈍く軋《きし》む。頷いて良いものか分からずにアリシアが視線を彷徨《さまよ》わせれば深い溜め息が聞こえた。

「全くあのボンクラ王子は……」

主に対して使うには相応しくない言葉が形の良いディアスの唇からこぼれる。聞き間違いかと思うほど自然な悪態だった。

「あいにくと王子は先週の火曜より王都に戻っておりまして、こちらに帰るのは来週の木曜になります」

「そうなんですね」

先週の火曜ということは図書館で会った翌日に王都へ戻ったということになる。

何も言ってなかったし、滞在期間内はずっとハプスグラネダ領にいるものだと思っていた。けれど、カイルには王都に戻ることをいちいちアリシアに報告しなければいけない義務も義理もないのだ。アリシアが聞かされていないのも仕方ない。

それでも王都に戻ることを教えてくれるくらいしてもいいのにと思ってしまうのは、多くを望みすぎだろうか。

「ボンクラ王子が戻って来たら私の方からきつく言っておきますから、今回だけは許してあげて下さい」

を胸の前で振る。

「あっ、い、いえ、許すとか許さないとか、そんな」

アリシアの心を読んだかのような、またしても出た「ボンクラ王子」呼ばわりにアリシアは両手
なし崩しにカイルが黙っていたことを許す流れになったが、でも本来はアリシアに咎める資格は
ない。それを上手く収めたのは偏《ひとえ》にディアスの気遣いによるものだ。

「それはそうと、王子に何か用事があってわざわざこちらまで足を運ばれたのでは？」

七年前と変わらずに優しいディアスはアリシアが持つバスケットを視界に入れながら尋ねる。ア
リシアは目線に気がつき、慌ててバスケットを後ろ手に隠した。

我ながらわざとらしい動作だった。これでは何かあると遠回しに言っているようではないか。

自己嫌悪を覚えつつ、今さら誤魔化せるとも思えないが首を振って取り繕った。

「大丈夫です。大した用事があったわけでもないので……」

「本当に？」

大した用事ではないのは本当だ。

しかしディアスの目線はアリシアの目に真っすぐ向けられたまま離れない。用事の重大さの判断
はこちらがすると言外に言っているようでもある。

何かを期待して来たわけじゃない。

そんなのは嘘だ。

少なくともカイルがいることは期待していた。カイルがいるなら何も言わずにやって来ても出迎

えてくれることを期待していた。

それが現実はどうだろう。

カイルは数日前から王都に戻っていて不在中で、予想もしていなかった人物との再会は嬉しいけれど、カイルが七年前に王城の庭園で会ったアリシアのことを覚えていないと思い知らされた。

……いや、だから何だと言うのだろう。

アリシアは覚悟を決めて小さく息を吐いた。

どうせカイルが不在な時点で受け取ってはもらえないのだ。それならせめて、その存在を知ってもらうくらいの我儘は通してもいいだろう。

「パウンドケーキをまた焼いたので、お裾分けに来たんですけど……またカイル殿下のいらっしゃる時にお伺いします」

ぺこりと頭を下げて立ち去ろうとするアリシアの腕をディアスが掴んだ。

「焼き菓子なら日持ちするでしょうし、お嬢様が嫌でなければお預かりしますよ」

「でも」

引き留められるとは微塵も思っていなかった。アリシアは目を丸くして振り返る。

確かに多少なら日持ちはするし食べられなくもないが、しかし今日は土曜だ。カイルが戻ってくる木曜までまだ五日もある。五日も前に焼かれたパウンドケーキを王子様の口に入れるのはさすがに抵抗があった。

持ち帰るべきなのは分かっている。だけど食べて欲しい気持ちも捨てられないでいた。

未練がましく躊躇《ためら》っていると、ディアスがバスケットを取り上げるようにアリシアの手から離してしまった。

「お嬢様がパウンドケーキを持って来て下さったのに、受け取らずにお帰ししたと王子に知られたら私が怒られてしまいます。私をお助け下さると思い、いただけないでしょうか」

「そう、仰るなら……」

笑顔で押し切られてはアリシアも引き下がるしかない。

カイルが帰ったらバスケットは必ず届けさせると、まるでディアスの方が主であるかのように約束をして、アリシアは家路に着いた。


家に戻ったアリシアは脇目もふらずに自分の部屋に入るなりベッドに倒れ込んだ。

何だかひどく疲れてしまった。

枕の両端を掴んで顔を埋め、じたばたと両足を動かす。

「ばか！　人の気も知らないで、ボンクラ王子！」

アリシアが言えた義理ではないけれど、カイルをボンクラ王子と称したディアスの言い分はもっともだと思う。

ほんの一言、王都に戻ると言っておいてくれたら何の問題もなかったのだ。そうしたらアリシアだっておとなしく待っていた。

カイルに本来の習得年齢より四年も早く、最終学府で習う学問を教えた教師のうち誰か一人くらいは報告連絡相談の大切さを教えてはくれなかったのだろうか。

（そりゃあ、私に言わないで王都に帰ったらいけないわけじゃないけど。でも）

どうにも気持ちの収まりがつかなくてベッドの上を転がっていると、ドアがノックされた。

「は、はいっ！」

驚いて裏返りそうになった声で返事をする。慌ててベッドを降りてドアを開けた。

「カイル殿下のお使いの方が、君に届け物があると足を運んで下さったのだけど大丈夫かい？」

声の様子に尋常でない空気を察したのか気遣わし気な面持ちで尋ねる兄に、何だか申し訳ない気分になった。


待たせるわけにも行かないのですぐさま玄関に向かえば、さらに申し訳ない気分に見舞われた。

つい数十分ほど前に別れたはずのディアスがそこに立っている。

「お嬢様がお帰りになられてすぐ、早めにお嬢様に渡して欲しいと王都にいるボンクラ王子からの贈り物が屋敷に届いたのでお渡しに参りました」

「贈り物？　私にですか？」

「はい」

ディアスが抱えている包みは大きさこそそれほどでもないが妙な厚みがあった。

何かプレゼントされるような心当たりのないままに受け取ろうとすると「本が三冊入っていて重いですから、よろしければご指定の場所へお運びします」と遮られた。

贈り物に本を三冊とはどういうことなのだろう。

ふと、図書館での会話が脳裏をよぎる。

恋愛小説もまともに読んだことのないアリシアに、読めと言うことなのだろうか。

……違う気がする。

「重そうなものなのにごめんなさい」

中身が三冊の本だと分かると、大きさと積み上げた高さから、なかなかの重量だと察しがつく。

先に階段を上がりながらアリシアが気遣えば、二段の間を空けて上がるディアスは優しい声をかけてくれた。

「移動は馬車ですし、こう見えても鍛えております。ですからご心配なさらずとも大丈夫ですよ」

そういえばディアスは衛兵だった。そんな彼に対し、重そうな荷物を持たせるのは大変ではないかと思うのは逆に失礼だろうか。

でも誰かに荷物を持ってもらうなんて状況に慣れてはいないアリシアは、やはり気になってしまうのだった。

「はい。ありがとうございます」

足を止めず振り返る。感謝の気持ちを込めて笑顔と共にお礼を言うと、穏やかな笑みが返された。

「よろしければぜひ、今の笑顔を王子にたくさん向けて差し上げて下さい。お嬢様の笑顔が、王子にとって何よりの褒賞となりますから」

「――――はい」

やはり第三王子に仕えるだけあってか、ディアスもなかなかどうして口が上手い。

さすがに年頃の女性の部屋の中には入れないというディアスに部屋の前まで運んでもらい、今度は見送る為に一緒に玄関へ行く。階段の往復になってしまうことでディアスは丁重に辞退したが、何となく身体を動かしたい気分だったから意思を通させてもらった。

部屋と玄関の行き帰り、ディアスがしきりとボンクラな面はあるが悪い王子ではないのだと今さらなフォローを熱心にしていたのが面白くて、アリシアの気は少し晴れた。


床に直置きされた〝初めての贈り物〟は予想を上回る重さだった。

包みを部屋に運んでミニテーブルの上で開ければ、ディアスが言ったように本が三冊と、白い封筒が一つ入っていた。

問題の本の内容はと言えば表紙の絵柄とタイトルを見る限り薔薇の図鑑が一冊と、残りの二冊は同じ専門家が記した苺の栽培方法に関する書籍のようだ。

図鑑はともかく、こんな専門書をどこで見つけて来るのだろう。どちらもハプスグラネダ領の図書館にはないし、存在すら初めて知る。

それにアリシアが苺を育てているとカイルが知ったのは、ハプスグラネダ領に来てからの話だ。にも拘《かか》わらず王都に帰ったら探してくれた。嬉しくないわけがない。

(たくさんの蔵書があるってお兄ちゃんが言ってたし、私も王城の図書室を一度でいいから見てみたいな)

そして王都が短期間で珍しい本が見つかるような場所なら、そこに管理された図書室を兄が見たいと思うのも当然の話だ。

七年前は他のことに大きな興味があったから、兄と一緒に図書室を見る気にはなれなかった。

当時は苺を育てることになるなんて思ってもみなかったし無理もない。

何より、あの時図書室に行っていたらカイルと会うことはなかっただろう。

だから結果的には行かなくて良かったのだ。

それからアリシアは本と一緒に添えられた封筒を手に取った。

青い封蝋に薔薇の模様が押印してある。第三王子の紋章と思しき図柄を見た後ということもあって、それだけでカイルからだと想像できた。

丁寧に封を開けて便箋を取り出し、言葉を失う。

【外せない用があって王都に戻るけど、来週の木曜にはハプスグラネダ領に帰るからミツバチの巣箱を片付ける手伝いはちゃんとできるよ　　カイル】

図書館ですでに一度見ているカイルの書き文字は、相変わらず育ちの良さを窺わせる綺麗な文字だった。でも、どうしてこのタイミングで送って来たりしたのだろうか。

もっと早く教えてくれていたら良かったのに。そんな恨み言のようなことまで思ってしまう。

(だからディアスさんにボンクラだって言われるのかしら)

見た目は完璧な王子様なのに完璧じゃないところもある。

そう思うと唇の端が笑みを描いた。

でもカイルはおそらく、完璧な王子様であろうとして誰よりも努力しているに違いない。

（とても綺麗な、あのお姫様の為に）

顔からみるみる笑みが引いて行く。

そんなのは分かっていることだ。最初から分かっていて好きになった。

好きになることはアリシアにも与えられた自由だ。ただ決して、見返りを求めてはいけない。

（大丈夫。分かってるから。――私の片想いなだけ）

心に刻み込むように何度も自分に言い聞かせる。

言い聞かせることとさえ、今はもうつらい。

だけど先に自分の手で傷つけておかないと、後でもっとつらい思いをするだろう。初めての恋が叶わなかったその時に、心が壊れてしまうかもしれない。

封蝋の図柄を指先でなぞり、薔薇の図鑑を手に取る。

まるで本物のような緻密な挿し絵が惜しげもなく描かれており、見ているだけでも楽しそうだ。

アリシアの手は無意識に青い薔薇を探してページを手繰る。

青い薔薇はとても珍しい。

育てることも困難を極め、最初は貴族たち特権階級の人々が愛でる分の確保も厳しく、流通に出回るようになったのも比較的最近の話だという。

実物はアリシアも見たことはなかったし、ハプスグラネダ領の誰かが購入した話も聞いたことはない。

品種が他の色と比べて圧倒的に少ないせいか、掲載されているのはずいぶんと後ろの方だった。

それに、いざ開いてはみたものの、カイルの紋章に使われている品種がどれなのか全く分からない。そもそも実在する薔薇をモチーフにしているのだろうか。

でも青い薔薇というだけで見ていると胸が苦しくなる。

(カイルの澄み切った青空みたいな目と、同じ色。――私の、好きな人の色)

ページを開いたまま図鑑を抱き締め、アリシアは目を閉じた。

□ □ □

「ほら、約束してたやつ」

「ありがとう、ハンス。お疲れ様」

茶色い紙袋をハンスから受け取り、アリシアは大事そうに胸に抱え込んだ。

四か月前、新聞の検閲で彼の父と共に王都に行ったハンスはお土産にと、紅茶とチョコレートを買って来てくれた。

どちらも王都でかなり人気のある店らしい。

味もすごくおいしくて、それらを気に入ったアリシアは次に王都に出掛けたら、また買って来て欲しいと頼んであったのだ。

そうして再び検閲の為に王都へ行ったハンスは忘れずに、約束を果たして家まで持って来てくれたのである。

「紅茶とかよく分らないし俺よりは多少詳しい親父に選んでもらったから、もし文句があれば親父の方に言ってくれ」

「ハンスったら大丈夫だよ、ありがとう。それでいくらだった？」

ワンピースのポケットから財布を取り出しながら尋ねる。けれどハンスは首を振った。

「別にいいよ、土産みたいなものだし」

「でも」

「いいからおとなしく受け取っておけって」

取りつく島もなく押し切られ、アリシアは結局、財布をしまわざるを得なかった。

でも、ハンスが王都に行ったのは買い物が目的ではない。アリシアの我儘に付き合わせてしまったことには変わりなく、どうにも申し訳が立たなかった。

せめてお返しくらいはできないだろうか。自分にできる範囲内で何かないか考えていると、ハンスが口を開いた。

「アリシアお前さ、王都に知り合いとかいたっけ？」

「知り合い？　特にはいないけど……」

急に何の話だろう。

そもそも王都には七年前に一度行ったきりだ。交流を深めようもない。

「親父と一緒に検閲用に新聞を提出して、王城を出ようとした時なんだけどさ」

その時の様子を思い出しているのか。ハンスは自らの顎に手を添えながら視線をわずかに右側に向けた。記憶を手繰るよう、少しずつ言葉を紡いで行く。

「プラチナブロンドの、いかにも貴族のお嬢さんって感じの女の子に声をかけられたんだよ。それで、アリシアについて知っていることがあれば教えて欲しいって」

いかにも貴族のお嬢さんな、プラチナブロンドの女の子。

アリシアの心臓がどくんと跳ねた。

知り合いなどではないけれど一人だけ心当たりがある。七年前の舞踏会で、カイルの傍にいた綺麗な女の子だ。王都に人が多くたって彼女のことに違いない。

でもアリシアのことを知りたがるなんてどういうことだろうか。

思いを巡らせて、すぐに一つの事案に思い至る。

カイルの婚約が成立間近だと、昔ハンスに見せてもらった新聞に書かれていた。

彼女はアリシアとは違って〝お姫様〟なのだ。だから〝王子様〟のカイルの婚約相手も、きっと彼女なのだろう。

それで婚約者のカイルに近い位置にいるアリシアが、自分のいないところで色目を使ったりしていないか気にかけたというのは十分にありえる話だった。

「ハンスは何て、答えたの？」

震える声を悟られないように絞り出す。

ハンスはそんなアリシアには気がつかずに肩をすくめた。

「何てって言うか……。変なことは言ってない。明るくて優しい子だって」

「え、あ……ありがとう」

不意打ちで、しかも面と向かって褒めることなんてしないと思っていた幼馴染みに褒められて頬が染まる。

ハンスも自分の発した言葉の意味に気がついたのか。慌てた様子で両手を振りながら矢継ぎ早に続けた。

「いや、まあ、何て言うか、アリシアを知ってる奴ならみんなそう言うだろうし」

「みんなそんなに気を遣ってくれなくてもいいのに。でも、そうなら嬉しい」

「気とかは別に、」

「アリシア」

お互いにどこかぎこちなく言葉を重ねていると、聞こえるはずのない声が背後から聞こえる。

幻聴が聞こえてしまうくらい、会いたいと願っているのだろうか。

振り返れば白馬に乗った王子様がそこにいた。

先週カイルを訪ねた際、ハプスグラネダ領に到着するのは木曜日だとディアスは言った。でもまだ水曜日だ。

(馬車で、三日はかかる距離なのに)

何度も瞬きを繰り返して目の前にいる王子様の姿を見つめる。

一向に消えてなくなる気配のないカイルは愛馬から降り、手綱を引いて近寄って来た。

その足音だってちゃんと聞こえる。

本当に、カイルなのだ。

カイルの目線が、アリシアから外れた。

アリシアは我に返って身体の向きを半身にすると左手でハンスを指し示す。

「カイル殿下、私の幼馴染みでハンス・フィグマットです」

「先日に続き再びお目にかかれて光栄です、殿下」

「――こちらこそ」

ハンスを紹介するも、すでに二人は面識があるようだった。もっとも、ハンスの家業を考えればコンタクトを取っているのにも納得が行く。新聞記事にする為の取材で会ってはいるのだろう。

ただ何故かカイルの機嫌があまり良くないように見えた。カイルのこんな表情は初めて見るかもしれない。珍しいこともあるものだ。

さりげなくハンスに視線を向けると第三王子を前にしているせいか、ハンスの表情も先程までとは打って変わってどこか険しいそれになっている。緊張と言うには刺々しく、普段のハンスを知っているからこそ余計に違和感を抱かせた。

この状態で二人の間に入り、上手く執り成すなんてことはアリシアにはできそうもない。

どうしたものかとハンスを見ていると目が合った。ハンスは肩で軽く息を吐き、それからよく知った表情に戻る。

「じゃあアリシア、また月曜日にな」

「う、うん。またね」

普段の調子で声をかけるから、アリシアもつられていつものように言葉を返した。そうしてハンスが去って行くと、カイルは不機嫌そうなまま口を開く。

「月曜日、何かあるの？」

「え？　あの、ハンスは新聞屋さんの跡取りだから、月曜と木曜の朝に新聞を持って来てくれてるの」

「じゃあ週に二日は二人で会ってるんだ」

「会ってるって言うか……」

まるで詰問されているようで言葉が濁ってしまった。

でも先にした説明以上に説明しようがない。嘘をついてないことを確認する為に、カイルも月曜日の早朝に来たらなんて提案をするわけにもいかなかった。

「私も苺の世話とかあるし、少し世間話をするくらいだけど」

「それだけ？」

「それだけって？」

ますます話が分からなくなる。ハンスが去ったこともあり完全にカイルへと向き直ると、疑問に疑問をそのまま返した。

「いや……。ごめん、何でもない」

カイルは何かを言いかけ、口にすることなく閉ざす。

本当は、その飲み込まれた言葉を聞きたい。

でもアリシアには言えない、言っても仕方のないことだと判断したから言わなかったのだろう。ならばきっとカイルの心にしまい込まれて、聞くことは永遠にできない気がした。

それに今は、何も言わず王都に帰っていたことについて聞きたかったたし、それ以前にアリシアから言うべきことがあった。

「苺の本と薔薇の図鑑、送ってくれてありがとう。まだ全部は読めてないけど、読めた範囲でもすごく面白いし参考になってる」

「喜んでもらえたなら良かった」

ようやくカイルの表情から険しさが消える。場の雰囲気も心なしかいくぶんか和らいだようだ。

アリシアは思わず肩の力を抜き、胸の中で張り詰めていた空気を吐き出す。

「パウンドケーキありがとう、今回のもおいしかった。でも、持って来てくれるとは思ってなかったから、何も言わずに王都に行っててごめん」

ディアスから話を聞いているのだろう。カイルは空のバスケットを差し出して不在を詫びた。カイルが謝らなければいけないことなど何もない。アリシアはカイルの顔をじっと見つめた。

この機会を逃せば、きっと二度と言えない。でも本人が先に謝ったのに咎めるのは鬱陶しいと思われそうでもある。

はからずも見つめ合う形で迷って、迷って……アリシアはバスケットを受け取りながら首を振った。

「いえ、いいんです」

俯いてバスケットの持ち手をぎゅっと握りしめる。

（……嘘つき）

自分自身を非難する声が心の奥から上がった。

何も良くない。

本当に、気持ちに納得が行かないままうやむやに流してしまっても良いのか。

自分の胸に何度も問いかけ、アリシアは意を決して顔を上げた。

「でもやっぱり、王都に戻るなら……先に言って欲しかった」

心の中に思っていたことを、飾り立てることも誤魔化すこともしないでそのまま口に出す。カイルは驚いたように一瞬目を見開き、眉尻をわずかに下げて微笑んだ。

「散々自分の都合でアリシアを振り回しておいて無責任だったと思う。ごめん」

カイルに振り回されているとか、無責任だとは思ってない。だからそれには首を振った。

言いたいことは結局一つしかないのだ。

重要な話どころか、ほとんど何も話してもらえない距離にいることが悲しくて寂しい。

「そういうことじゃないの。ただ全てとは行かないまでも、話しても大丈夫なことは話して欲しいの。カイルから話してくれるまでは何も聞き出そうとしたりしないから。だから」

感情が溢れそうになっていることに気がつき、口を閉ざして思い留まる。

恋人でも、親しい友人でもないアリシアが気持ちを一方的に押しつけたって迷惑がられるだけだ。

「……うん。本当にごめん」

謝って欲しいわけじゃない。話して欲しいだけだ。でもおそらく、カイルは具体的な約束を結ぶことは避けたがっている。漠然と、そう思った。

この話を続けていても、カイルは謝るばかりで何も変わらないだろう。せっかく会えたのに、それだけに時間を使ってしまうのはもったいない。

「じゃあ、この話はこれでもうおしまい。ね？」

アリシアはできるだけ自然に見えるよう笑顔を向けた。

カイルにはたくさん笑顔を見せて欲しい。だから自分もカイルの前でたくさん笑っていよう。その方がずっといい。いつか恋が終われば、一人で泣き濡れることになるのだから。

「苺と薔薇の本と一緒にくれた手紙や、ディアスさんから聞いたお話だと、こっちに戻って来るのは明日って」

話題を変えたアリシアにカイルは優しい笑みで頷く。

七年前に会った時は、こんな表情を向けてはもらえなかった。でも今は少なくとも笑顔を向けてもいいと思われる存在にはなれている。これ以上、何を望むことがあるだろうか。

「うん、帰って来たのは午前中かな」

「日曜でも全然良かったのに」

「先週の土曜に来てくれるくらいだし、アリシアも会いたいと思ってくれてると思ってたけど」

アリシアは目線を落とした。

そういうことで間違ってはいないとけれど、言葉にされるとものすごく恥ずかしい。

いや、それよりもだ。

カイルは今、アリシア〝も〟と言わなかったか。

「……も？」

言葉に引っかかりを覚えて顔を上げる。

〝アリシアも〟ということは他にも誰かが会いたいと思っているということだ。

そして今この場にはアリシアとカイルしかいない。

何と言って切り出せば良いのか分からなくて、ものすごくシンプルに尋ねるとカイルは普通に肯定した。

「も、だね」

「も、なんだ」

「うん」

何のやりとりをしているのだろう。

たまには困らせてやろうと思って言ったのに、カイルの様子に変わりはなかった。思い起こせば、人目の多い図書館でも会いに来たとさらっと言っていたではないか。

だけど、それだけの言葉で伝わり合っていることが、まるで特別な存在になれたようでくすぐったい。

「お詫びに……ってだけでもないけど受け取ってくれないか」

カイルが淡い緑色の箱を差し出す。

「私に？」

「そうだよ、君に」

わずかな躊躇《ためら》いの後、アリシアはハンスにもらったお土産をバスケットに入れた。代わりにカイルから包みを受け取って掌に乗せる。

長方形の箱はアリシアの掌とだいたい同じくらいの大きさで、二センチほどの厚みがあった。サテン素材の白いリボンを解いて箱の蓋を開けるなり、その目が驚きで見開かれる。

中には繊細な銀細工で作られた、葉と花をつけた苺を模した髪飾りが入っていた。

苺の花の中央には花芯さながらに小さなルビーがいくつも散りばめられていて、見るからにとても高価そうなものだ。

先にもらった本も、本にしては高価なものに分類されるに違いない。でもアクセサリーとなると、本とは桁自体が違うだろう。

……何よりも、アリシアはアクセサリーをもらうに値する間柄じゃない。

「こんな高価な品を受け取るわけには」

すでにお金を払って買われたものである以上、突き返すのは全く意味がないような気がする。それに、せっかく用意してくれたカイルの矜持も傷つけてしまうかもしれない。

それでも自分が受け取るには不相応だろう。

両掌に髪飾りを乗せたままカイルへと伸ばすと案の定と言うべきか、やんわりと押し返されてしまった。

「見た目ほど高くないし、いいんだ。アリシアにはハプスグラネダ領を案内してもらったり、お菓子を作ってもらったりでお世話になってるから、そのまま受け取ってほしい」

「でも」

案内したと言えるのは森の中にある泉しかないし、お菓子にしたって自分が作りたいから作ったものを、乞われたわけでもないのに勝手にお裾分けしただけだ。

アリシアがなおも言いあぐねていると、カイルは箱から髪飾りを取り出してアリシアの髪に留める。

「うん。思った通り、やっぱり良く似合うよ」

その言葉にアリシアはカイルを見つめた。

優しい笑顔を浮かべていて、自惚れそうになる。

値段こそアリシアが近所の人々と普段やり取りしているようなものとは違えど、日頃のお礼を兼ねた、ただのお土産だ。特別な意味などそこにはないのに。

「カイルが選んでくれたの？」

「じゃないとアリシアに似合いそうな髪飾りが分からないだろう？」

さも当然のことのように言われて頬が染まるのが分かる。

赤いのは夕陽の照り返しを受けたからだと懸命に思い込もうとしても無理だった。心臓が痛いくらい早鐘を打っている。

王都に戻っていてもアリシアの為に何かをしようとしてくれた。

もし本や髪飾りを選んだのがカイル本人ではなかったのだとしても、それらを贈ろうと思ってくれたことには変わりない。

それだけで溜め込んでいた怒りや不満を簡単に収めてしまうのだから、我ながら扱いやすい存在なのだろう。

「……ありがとう。大切にするね」

単純と言われても嬉しくて涙がこぼれそうだった。

理由が何であろうと、好きな人からもらった初めてのプレゼントなのだ。嬉しくないわけがない。

大切な、一生の宝物になる。

「また王都に行った時にアリシアに似合いそうな髪飾りを見つけたら、プレゼントするよ」

髪飾りを受け取ったアリシアが喜んだから、カイルも善意で言ってくれたに違いない。なのに、その一言でアリシアの心が瞬時にして凍りつく。

長いプラチナブロンドが、再び頭の片隅で揺れた。

王都にはどうして戻るの？

また綺麗なお姫様に会いに帰るの？

聞きたくても聞く資格のない、嫉妬に染まった言葉が次々と湧き上がって来る。

先程とは正反対の理由で泣きたくなった。

でも泣いたらいけない。お姫様がすでにいると承知のうえで、なおもカイルに恋をすることを選んだのだ。アリシアには泣く資格もない。

そうと気づかれないよう、唇を噛んで懸命に堪《こら》える。

「アリシア」

名を呼ばれて顔を上げると、カイルの手がそっと頬を包み込んだ。

「やっぱり髪飾りは、迷惑だった？」

「違……」

「見た瞬間、君の綺麗な長い髪にとてもよく似合いそうだと思ったんだ」

カイルの青い目に、自分だけが映っている。その事実はアリシアの心を満たした。もっと、と欲張る気持ちを抑えつけるように顔を伏せて目を閉じれば、カイルの手の温かさにさらなる欲が芽生えて行く。

（でも、ちゃんと弁《わきま》えているから。今だけはごめんなさい、名前も知らないお姫様）

アリシアは心の中で美しい少女に謝ることしかできなかった。

□□□

最初は五分前、次は十分前に門へ来ても先にカイルがいたことから、三回目の今日は約束の十五分前に来た。

門を開け、まだ誰もいないことに安堵して外に出る。太陽が出る時間はミツバチの巣箱を出した時よりも早くなっているけれど、空の明るさは前回とあまり変わらなかった。

それでも朝晩の冷え込みは日に日に和らいで来ていて、一日を通して過ごしやすい季節になりはじめている。

壁に寄りかかってぼんやりとしていると、馬の蹄の物らしい音が聞こえた。

馬を驚かさないようにカンテラを胸よりも少し低い位置にかざすと、白馬に乗った王子様が到着したようだった。

「何分前から待ってたの？」

馬から降りながらカイルが困ったように笑う。

アリシアは胸を張って、いつものカイルの言葉を真似て「さっき来たばかりだから大丈夫だよ」と答えた。それを受けたカイルは乗馬用のグローブを外し、アリシアへと手を伸ばして右耳に触れる。

「耳が冷えて真っ赤になってるよ」

「えっ」

アリシアは反射的に自分の左耳をつまんだ。確かに少し冷えてはいるが、真っ赤になるほどとは思えなかった。

思惑通りの行動を素直に取ったアリシアを見て、カイルは楽しそうな様子で同じことを聞いた。

「それで、何分前から待ってたの？」

「約束の時間の十五分前だからそんなに待ってないもの」

反応を試す為にわざと言ったのだと気がつき、ふてくされてそっぽを向く。

「約束の時間に遅れるかもしれないから早めに来てるだけだって前も言ったのに」

「今日こそは先に来て待っていたかったからいいの」

また馬を入ってすぐの木に繋いで、カイルが手を差し伸べた。

繋ごう、という意志表示だ。

触れ合ったら、カイルの思い出がそれだけアリシアの中に積もって忘れられなくなる。だけどそんなのは今さらだろう。再会した時からもう、アリシアは初恋に囚われて逃れられなくなっている。

「アリシア？」

なかなか手を繋がないアリシアをカイルが心配そうに見つめた。何でもない、と首を振って自分の為だけに伸ばされた手を取る。

そしてアリシアは、今度からは約束の時間より早めに来ないよう約束もさせられた。


ミツバチの出入り口をしっかりと閉じ、全体を覆うように厚手の白い布を被せた巣箱を倉庫に運ぶ作業は、今回は兄がいなくても早く終わった。

念の為に身につけていたミツバチ避けのコートと手袋を脱ぎ、カイルの分も一旦地面に置いてアリシアは尋ねる。

「良かったら少し味見してみる？」

ミツバチたちのおかげで見た目は申し分ない苺がたくさん生っていた。

温室内は甘酸っぱい果実の匂いで満たされていて、これまでよりさらにおいしい苺が作れたと思う。

「せっかくだし、もらおうかな」

「はい」

アリシアはヘタを落とした苺を一粒カイルに差し出した。その手首を掴み、カイルは身を屈めて顔を寄せる。

まさか、受け取らずにアリシアの手から直接食べるつもりだろうか。身を強張らせたアリシアは意図を探るようにカイルを凝視した。

伏し目がちの睫毛が目元に深い影を落としている。

七年前に横顔を初めて見た時も思ったが、相変わらず睫毛が長い。別にカイル自身は睫毛の長さを褒められたところで嬉しくも何とも思わないだろうが、羨ましい話だ。

(――あ。唇、が)

苺をつまむ三本の指の先端にカイルの唇が触れそうになった。

それはそうだろう。丹精を込めて作ったとは言え苺だ。そこまで大きさのあるものでもなかった。

途端に熱を帯びた指先に気取られないよう、アリシアは息を詰めて目を閉じた。

意識するまいと思えば思うほど、心とは裏腹に全ての感覚が掴まれている手首へ集中してしまう。

カイルが歯を立てたのか、じんわりと緩い衝撃が苺越しに指先へと伝わって来る。と同時に心臓の音が騒がしくなった。顔も真っ赤になっているだろう。

なすがままになっているアリシアの手をカイルのもう片方の手が包んだ。わずかに苺を押し込む動作の後、苺から指を離させる。

そしてアリシアの指を濡らす朝露をさりげなく自分の手で拭き取って、カイルはアリシアを自由にした。

「甘酸っぱくておいしい」

カイルの言葉が呪いを解く呪文であったかのように、ようやくアリシアは身体の力を抜いて目を開ける。

偶然なのか、それともわざとタイミングを合わせたのかは分からないが、カイルは自分の唇を手の甲で乱雑に拭いながら笑っていた。つくづく王子様らしくない仕草でさえも様になるのはずるい。

この期に及んでも平然としていて、この王子様の思考回路は本当にどうなっているのだろうか。でも好奇心でそこへ踏み込むのはとても危険な予感がする。

心臓の高鳴りはいつまでたっても収まる気配がなかった。それならばいっそのこと、口から吐き出してしまえれば楽なのにと思う。

どうせまともに正面からぶつかっても場慣れしているカイルには敵わないのだ。ここで少しでも手慣れた返しができるくらいなら最初から困ってない。一切の駆け引きとは無縁な場所でずっと生まれ育ったアリシアはただ振り回されるだけで、与えられた対抗手段も知れたものだ。

「……意地悪」

「なんで？」

ぽつりと呟くとカイルは首を傾げた。

アリシアは子供っぽい自分の態度にわずかな嫌悪感を覚えながらも、だったら他にどうしたら良いのか想像もつかずに唇を尖らせる。

「意地悪だから」

「それじゃ全然答えになってないよ」

そう言われるのも仕方ない。

でもカイルだって理由を分かっているだろうに、意地悪だ。

王都に住む貴族のご令嬢たちはどうやって、この手合いの会話を楽しんでいるのだろう。

読んだところで今後の役に立つとも思えなかったが、指南書のような何か具体的な教本なり専門書が実際にあるのなら読んでみたいような気がしないでもない。

兄に頼めば一冊くらい入手してくれるだろうか。

どれだけ考えてみても、カイルが求める答えを今のアリシアでは出せそうもない。

ふいに手首を掴まれて引き寄せられて、指先にカイルの唇が触れそうになったからドキドキしただなんて、どんな顔で本人に言えばいいのだ。

何をされても余裕ありげに微笑みながら見守っていたら良かったのだろうか。

けれど、もしそれが正解なのだとしてもアリシアにはできそうもないし、何よりもアリシアの反応の正解ではない気がする。

思い出すだけで心臓が跳ね上がった。

立っていられなくなりそうでその場にしゃがみこむ。すると、ちゃんとした答えを得るのを諦めたのか、カイルが正面に片膝をついて座った。

「俺は図書館でアリシアに意地悪だって言われた時、そうかもねって答えてるよね」

その言葉でアリシアは確信した。膝を抱え、すぐ目の前にある王子様の顔をちらりと見やる。

「そうかもね、じゃなくて、そうだもの」

アリシアが断言するとカイルは「そうだね」と余裕に満ちた顔で笑った。


作業自体は早く終わったが、その後のやりとりの間に予想以上の時間が経っていたらしい。温室の東側がオレンジ色に明るく染まりはじめているのを見て、アリシアは陽が昇りかけていることを知った。

そろそろ苺の水やりの時間だ。水やりが終われば鶏の世話もあるし、カイルに今日も手伝ってくれたお礼を言って門まで見送らなくてはいけない。

「じゃあ私、まだ他にやることがあるから……きゃっ！」

慌てて立ち上がったのがいけなかった。

苺の苗木に勢いよく左手をぶつけた拍子に、一匹のミツバチが葉の影から飛び出して来る。おそらくは巣箱に入らずに光を避けて夜を明かしていたが、衝撃に目覚めてしまったのだろう。

「アリシア！」

左手の小指にチクリとした痛みが走るのと、カイルが名前を呼ぶのは同時だった。

蜂に刺されるのは初めてでも、その対処法はちゃんと知っている。だから早く針を抜いて手当てをしなければと頭では思うのに、身体の方が言うことを聞いてくれなかった。

強く抑えて痛みを堪《こら》えるだけで精一杯なアリシアの手首を、再びカイルが掴んで自分の方へと引き寄せる。そして指に残った針をつまんで引き抜くと、その傷痕にわずかな躊躇《ためら》いもなくきつく吸い上げた。

針を失って力尽きたミツバチが足元に見える。

アリシアが不注意だったせいで、もしかしたらカイルが刺されていたかもしれない。

そう思うと身体がガタガタと震え出した。

「ごめ……なさ……。私の、せいで……」

毒素を含んだ唾液を吐き捨て、カイルは立ち上がった。震えるアリシアを横抱きにすると安心させるように背中を撫でてくれる。

「刺されてない俺の心配はいいから、自分のことを心配して。一応、口をゆすがせて欲しいんだけど、向こうに見えるホースが差さってる蛇口は使わせてもらって大丈夫かな」

アリシアは懸命に頷いた。降りようとするがカイルがそれを許してはくれない。

水道のところまで回り込み、アリシアを抱えたままヒザをつくとカイルは片手で器用にホースを外した。掌に水を溜めて何度も口をゆすぐ姿を見つめる間も、アリシアの身体の震えは治まらない。

ミツバチに刺される可能性があると最初から分かっていたはずだ。だからアリシアだって危ない作業だと断った。

それを結果的に押し切られる形になったのはカイルが強引に決めたからじゃない。

——アリシアが、カイルが傍にいてくれることを望んだからだ。

左側の袖を捲られ、傷口を水で洗い流される。

みるみるうちに左手が真っ赤になるのは水が冷たいせいだ。アリシアの左手を洗うカイルの右手も同じ色に変わって行く様が、アリシアの罪悪感をひたすら煽り続ける。

カイルのおかげで刺された痛みは薄らいでいたが、心が痛い。

「わ、私……後は自分でやれる、から……」

「寒かったり手足が痺れて来ていたりはしない？」

「う、うん。大丈夫」

カイルは濡れて冷え切ってしまったアリシアの手を自分の服の裾で拭き、そのまま手で包み込んだ。何度も暖かな息を吹きかけ、頬や額にそっと押し当てたりして自分の熱を分け与えてくれる。

もう大丈夫だと言ったのは聞こえなかったのだろうか。まだわずかに震える身体に力を込めて遠慮がちに手を離そうとすると、強く押し留められた。

「アリシア、ミツバチに刺されたのは俺じゃなくて君なんだよ」

「でも」

その後に続けるべき言葉が見つからない。これ以上カイルに迷惑をかけたらいけないという気持ちだけがそこにあった。

「でもじゃないよ」

カイルの声に、ほんのわずかだけれど不機嫌そうな色が混じっている。本当に心配してくれていることが伝わって来て、こんな状況なのに嬉しく思った。

それでも何か言葉を探して口を開くと、まだ何も見つかってはいないのに抱きしめられた。

「君の声は聞きたいけど、でもとかだってとか言いたいなら今はもう黙ってて」

強い力にアリシアの心臓が痛いほど軋《きし》む。

背中に両手を回して抱きしめ返したい。心配してくれているカイルの気持ちに身を委ねられたら、どれだけ幸せなことだろう。

でも。

だって。

今はそんな言葉からはじまる気持ちしか思い浮かばなくて、そんな言葉は聞きたくないと言われた以上、黙り込むしかなかった。

「あの、本当にもう、大丈夫だから」

ずっと抱きしめていて欲しかったけれど、いつまでもこうしているわけには行かない。

温室に行くと言ったまま戻って来ないアリシアを、母だって心配するだろう。

離れたくない。

そんな気持ちを押し殺して両手の掌にゆっくりと力を込める。そっとカイルの肩を押して距離を取った。安心させるよう笑顔を向ける。

「心配させてごめんね。ありがとう」

「いや……」

「今日も門まで見送るから」

そう言うや否やアリシアはカイルの返事を待たずに歩き出した。少し遅れて後ろでカイルが動く気配がして、すぐに隣に並んだ。

いつもは繋ぐ手も繋がず、お互い何も話さずにいた。でも、その方がいいと思う。

苺もあとは収穫を待つだけになったし、人手の必要な作業もない。これでもう特別会う用事もなくなった以上、また再び関わりのない日々を送ることになる。

寂しいけれど、仕方なかった。

元々身分が違うのだ。カイルが手伝ってくれたことは奇跡にすぎない。

もらった髪飾りを身につけているところを見せたかったけれど、光るものはミツバチを刺激する恐れがある。結果的に刺されてしまったとは言え、分かっていながら身につけることはできなかった。

作業の間はポケットの中に入れておいて最後につけることも考えた。けれど落としてしまわないとも限らないし、何よりもわざとらしい気がして躊躇《ためら》われた。

手を繋がないだけで、ひどく寂しい。

普段ならこのまま永遠に門へと着かなければいいと願うのに、今日は早く着いて欲しいとさえ願っていた。

(今日で最後かもしれないのに)

逆に最後だからこそ淡泊な別れの方がいいのかもしれない。未練を残せば残すほどつらい思いをするのはアリシアだ。

辿り着いてしまった門を開け、隣に立つカイルを見上げる。

「朝早くから何度も、本当にありがとう。――それじゃあ、」

アリシアは「また」とも「さよなら」とも続けられず言葉尻をぼかし、きびすを返した。

少なくとも、アリシアの方から次の約束なんて持ちかけられない。カイルが気まぐれに誘ってくれることを待つだけだ。

淡い期待を抱きながら毎日を過ごす苦痛には耐えられないと知っている。だけど自分からさよならと、繋がりを断ち切ることもできない。

「アリシア待って」

その腕をカイルが掴んで引き留める。振り向いて顔を見ると泣いてしまいそうで、もう顔を上げることもできなかった。

「アリシア……その言い方だと、もう俺に手伝えることはないから会ってはくれないみたいだ」

まだ〝でも〟や〝だって〟と言ってはいけないのだろうか。

〝でも〟、〝だって〟、会う理由はもうない。アリシアの中に会いたい気持ちはあるけれど、それだけだ。お姫様のいる王子様に望んでいいことじゃない。

口を噤《つぐ》むアリシアに焦れたのか、カイルが両肩を抱いて振り向かせる。アリシアは手を握りしめて俯いた。

「もう俺とは会ってくれない？　苺の世話で手伝えることがなくなったら、俺は君にとっては用済みの存在？」

「そんなこと」

時折ずるい言い方をする王子様は、最後もずるい言い方をする。

そして、そんな王子様だと分かっていてなおもまだ、人知れず恋をするアリシアも同じかそれ以上にずるかった。

責任を全て言葉を発したカイルに押しつけて、お姫様に心の中で謝りながらも王子様を諦めきれないでいる。

だってアリシアの中ではとても大切な、初恋の相手なのだ。

「じゃあ、これからもまた君に会える？」

ずるいアリシアは、いつか必ずわがままな想いの報いを受けて泣くだろう。

少なくとも一年経てば、カイルは王都に帰って二度とハプスグラネダ領には来なくなる。そうしたら、アリシアの初恋はそこで終わりだ。両親を安心させる為にも結婚のことだって考えなければいけない。場合によっては、ハプスグラネダ領の外に嫁ぐこともあるだろう。

だけど今は笑っていたい。

大好きな王子様と会えるのだから。

アリシアはいつか必ず訪れる別れの日に胸を軋《きし》ませながらも顔を上げ、笑顔で頷いた。

□　□　□

約束した時間より早く来てはいけない。

そう約束させられたばかりのアリシアが時間ちょうどに門へと向かうと、二頭の馬が引く馬車がすでに待機していた。

繋がれた馬はどちらも栗毛で、毛並みも体格も立派なものだ。もちろん立派なのは馬だけではなく、馬車自体も小型ではあるけれど豪奢な装飾が細やかに施されている。

当然、このような馬車はハプスグラネダ家のものではない。

以前アリシアが足を運んだ時は留守にしていたから家においでと、カイルが迎えに来てくれたのだ。

傾斜自体は緩やかなものとは言え、丘を登るからだろう。カイルの愛馬で二人を乗せて移動するのも酷な話だし、馬車は理に適っている。それでもアリシアは名のある貴族主催の夜会にだって今すぐ向かえそうなほど豪華な外装に、感嘆の吐息をこぼした。

もっとも王家の所有する馬車ともなれば、用途や大きさに拘《かか》わらず手が込んでいるのはそれこそ普通のことなのだろうし、そんな馬車と並び立つカイルはラフな服装でもやっぱり王子様だった。

「ごめんね、お待たせ」

「いや俺も来たばかりだから」

時間より遅くなったことを詫びると予想していた言葉が返って来た。

約束を守ればどうしたってアリシアの方が来るのが遅くなる。だからカイルが遅いと怒ったりすることはないのだけれど、二人の間だけにある決められたやりとりは特別なもののようでくすぐったかった。

「お手をどうぞ、お嬢様」

自然な仕草で差し伸べられたカイルの手を取り、馬車に乗り込む。すると後ろからどことなく嬉しそうなカイルの声が聞こえた。

「髪飾り、つけてくれてるんだね。よく似合うよ」

アリシアの髪をまとめる髪飾りに気がついてくれたようだ。椅子の窓側に腰を降ろしたアリシアは、カイルも乗るのを待ってからお礼の言葉を伝える。

「ありがとう。苺は……好きだから、嬉しい」

異性から贈り物をされた経験がないせいで色気のない返事になった。

大好きな王子様からの、それも初めてのプレゼントだからとても嬉しい。

できることならそう伝えたかった。嬉しい気持ちをそのまま全て返すことは叶わなかったけれど、手綱を握る御者に馬車を出すよう告げたカイルは楽しそうに目を細めて頷く。

「うん。知ってる」

「本当はさっき見せたかったけど、もしミツバチがいたら危なかったから……。それでも、私が不注意だったせいで刺されちゃったけど」

ミツバチを放った後は万が一のことも起こらないよう、十分に気を張っているつもりが大失敗だ。

カイルに怪我がなかったから良かったものの、これからはもっと気をつけないといけない。

柔らかな笑みを浮かべていたカイルが、表情を沈ませて尋ねた。

「指はちゃんと手当てした？」

「うん。お母さんに事情を話してやってもらったから大丈夫」

ほらね、と刺された手をカイルの方に差し出す。指を大きく広げて、何ともないことを示すように何度も掌を返して見せた。

「それならいいけど。すごく、心配した」

「ごめんね、心配かけて」

アリシアは手を膝の上に戻し、それから再びカイルに視線を向ける。

「そうだ、ねえカイル。苺のタルトは食べられる？」

「食べられるけど、なに？」

「苺を収穫したらタルトをたくさん作って、みんなにお裾分けしようと思ってるの。それでもしカイルも食べられるなら、良かったらどうかなって」

言っているうちに声がだんだん小さくなって行く。

つい自分の生活基準で考えてしまうけれど、カイルはお裾分けなんていらないかもしれない。食べたくないものをそうと知らずに押しつけてしまうのを避けたくて聞いたものの、そもそも聞くこと自体が間違っているように思えた。

何でもないと言葉を引き下げようとした時、カイルが先に口を開く。

「〝みんな〟には、彼も含まれてるの？」

「彼？」

誰のことを言っているのだろう。

アリシアは首を傾げ、それからすぐにハンスのことかと思い当たった。

ハンスはお土産を持って来てくれた時にカイルと会っている。それにお互いの反応から察するに、以前から知っているような感じもした。

ただ、どうしてここでハンスの名が出るのだろう。

「ハンスのことなら幼馴染みだし、お土産ももらったから」

「そうなんだ」

カイルは大きく肩で息をつく。

どうしたのだろう。やっぱりお裾分けの話を出したのが悪かったのかもしれない。

カイルは先程よりも大きく息を吐き、アリシアを見つめた。

「お裾分けのタルト、楽しみにしてる」

それは見慣れた王子様の笑顔だったけれど、何故かアリシアの知らない表情のようでもあった。

「中にどうぞ」

「わあ、すごい……！」

開けた扉から中へと促されたアリシアは、足を踏み入れるなり感嘆の声をあげた。

それから、ここを見たら複雑な反応を示すであろう兄の姿が思い浮かんで小さな笑みをこぼす。

「こんなに広い図書室、お兄ちゃんが見たら羨ましがったり悔しがったりしそう」

王城のものより規模は小さくても良かったら、と誘われたカイルの家の図書室は、それでもハプスグラネダ領のそれよりもずっと広かった。

天井自体が高いからか見上げるほどの高さのある本棚が規則正しく並んでいる。ぱっと見の印象にすぎないけれど、蔵書の数は倍以上ありそうだ。

「さすがにここは屋敷の中だから開放はできないけど、本の貸し出し程度なら問題はないから今度ジェームズと一緒に来たらいいよ」

「本当？」

「うん」

「こんなに広い図書室、お兄ちゃんが見たら羨ましがったり悔しがったりしそう」

カイルの申し出を受け、先程も口にした言葉を一字一句そのまま違えずに繰り返す。するとカイルが堪らずにといった様子で吹き出した。

「そんなに？」と尋ねるから「そんなに！」と力を込めて頷く。

「だってお兄ちゃん、な……以前に一度見ただけの王城の図書室にものすごく衝撃と感銘を受けたみたいだもの」

危うく〝七年前〟と言いかけて咄嗟に誤魔化した。

自分の背丈より、ずっと高くにそびえ立つ本棚の数々に興味を戻して尋ねる。

「お城の図書室は、ここよりもっと広いんでしょう？」

「さすがに国家が所有管理するものだからね。比べものにもならないよ」

「そこまで違うの？」

「うん。全然違うかな」

兄の図書館への入れ込みようを見ていると広いことは十分伝わっていたけれど、この様子では予想以上の広さのようだ。やっぱりいつか、見に行ってみたい。

「少し見せてもらってもいい？」

「もちろん」

「ありがとう！」

カイルの了承を得て、まずは手近な壁際の本棚を眺める。

そこにはぶ厚い図鑑や専門書が並んでいた。読み込まれた形跡が窺える書籍もある。出入り口に近いことから、カイルが興味を持つ事柄に関するものを固めているのだろう。

どんな本なのかとタイトルを目で追った。

難しく畏まった単語ばかりが並んで良く分からないけれど、端々から察するに経営学に関連するもののようだ。

「……あ」

何らかの経営に携わっていたり、あるいは今後携わる予定があったりするのだろうか。

聞いても良いものか迷っていると、濃紺色の表紙の本に気がついた。背表紙には明るい白のインクで【星の図鑑】とだけ書かれている。

「何か気になる本があった？」

いつの間にかすぐ後ろに近寄っていたカイルが声をかけて来た。そういえば、とアリシアは図鑑を手に取ってカイルを振り仰ぐ。

思っていたよりも距離の近い位置にあるその目に見つめられ、一瞬息を飲んだ。

不意を突かれて恥ずかしさが募って来る前に軽く首を振って気を取り直す。そのまま手元に視線を落として尋ねた。

「前に言ってたいちばん綺麗な星は、ここでも見えない？」

もし見えるのなら、せっかく図鑑もあることだしどの星のことなのか教えて欲しい。そう思っての質問だったのだが、カイルの答えはなかった。

沈黙の重さが空気の重さになってしまったかのようだ。

アリシアは顔を上げられないでいた。

大切な思い出が関係していたりしてアリシアには教えたくないことに、触れてしまったのだろうか。

それなら、これ以上聞き出そうとするのはやめよう。

別の話題へと切り替えようと口を開きかけた時、カイルはアリシアの手から図鑑を取り上げてページをパラパラとめくった。

「見えるけど図鑑には載ってないと思うよ」

「そうなの？」

普段と変わらない声で返事があったことに安堵して顔を上げる。

比較的最近見つかった星なのだろうか。聞き出さないと決めたばかりなのに、そんな風に言われてはますます気になってしまう。

どの辺りに見える星なのか、明るさはどれくらいなのか。少しでも話を聞けないかと思った時、カイルが先に口を開いた。

「うん。独り占めしたいから誰も知らなくていい」

とても幸せそうに話すその表情と声に、アリシアの胸は逆に痛んだ。

自分だけのものとして、カイルはその〝いちばん綺麗な星〟を大切に思っている。だからアリシアにも教えない。そう言われているような気になった。

(何を考えてるの、私)

アリシアは首を軽く振り、悲観的な考えに沈みこませようとする自分自身を追い払う。

邪険に扱っていると、はっきり言われたわけでもない。勝手に悪い方向に考えて、勝手に落ち込んでどうする。

図鑑を戻し、いちばん下の段に同じ色をした厚い本が何冊も並んでいることにふと気がついた。

シリーズ物なのか、よく見ると数が多い。

何故だかとても気になってワンピースを押さえながら膝をついた。

緑色の背表紙にタイトルと思しき文字はない。

代わりに下の方の三分の一辺りが白く、そこに数字が横書きで二段書かれていた。年・月とあり日付を表しているようだ。

いちばん古い日付は七年も前だった。四月から七月分とある。

隣に並ぶ本の背表紙には八月から十一月分と書かれており、どうやら四か月分をまとめてあるものらしい。

「アリシア、せっかくの可愛いワンピースが汚れるし言ってくれたら俺が取るよ」

カイルが隣に屈んだ。驚いて目線を向けると当たり前のように目が合う。

心臓がどきりと高鳴った。

甘やかしてくれることが嬉しい。

けれどそれはあくまでもワンピースが汚れないようにという、年頃の令嬢に向けた紳士としての気遣いなのだろう。

期待をしてしまわない為に、アリシアは小さくかぶりを振る。

「綺麗な床だから平気よ。それに王子様に膝をつかせたりなんてさせられないから」

「王子様でありたいから、そうしたいんだよ」

だけどカイルは引いてくれなかった。

何もしなくてもカイルはアリシアにとってただ一人の王子様だ。そんな風に言われたら、たとえ束の間でもお姫様扱いをされたくなってしまう。

アリシアはそっと手を握りしめた。あの本が読みたいと言うよりも、中身が気になっているだけだ。取ってもらわなくても何の本か分かればそれでいい。

「ねえカイル、あのいちばん下の段に並んでいる本は何の本？」

右手で指を差しながら尋ねる。カイルは視線を向け、ああ、と言葉を発した。

それから意図を察したのか、立ち上がると右手をアリシアに差し伸べる。わずかな逡巡の後、アリシアは素直にその手に掴まって立った。

「ハプスグラネダ領で発行されている新聞をまとめたファイルだね」

「新聞を？」

予想だにしていなかった答えだ。

何故ここにハプスグラネダ領の新聞があるのか経緯がまるで分からない。一応は領内ではあるから、誰も住んでいない間もハンスの家の誰かが届けたりしていたのだろうか。

「カイルも読んだの？」

「ハプスグラネダ領に行くことが決まった時、どんな場所か調べるのにちょうど良かったからね。検閲用に提出されたものをまとめて借りたんだ」

「そうだったの」

なるほどそれなら納得が行く。

言われてみれば、ハプスグラネダ領に限らずその土地の様子を簡単に把握するのに新聞はうってつけなのかもしれなかった。もっとも週に二回の発行とは言え、毎回都合良く大きなニュースがあるわけでもないから住民以外の人物が読んで楽しいものかどうかは別の話だ。

内容を思い出しているのか、カイルはふとわずかな苦笑を口元に浮かべる。

「でもまさか、自分のことが一面を飾るとは思ってもみなかったよ」

「だって王子様が来るなんて、それこそ大ニュースだもの。でもごめんね、その、騒ぎに巻き込んじゃったりして」

そういえばカイルがハプスグラネダ領に来たと報じた号もあった。アリシアは何も思わなかったけれど、カイルにしたら不都合があったかもしれない。

「いや、ニュース記事にするとは予め聞いていたし、初稿も見せてもらっていたから特に問題はないよ」

アリシアはほっと胸を撫で下ろした。

確かに、ハンスたちは何十年にも渡って新聞を発行して来ているのだ。検閲も真面目に受けている。

その辺りに関してはアリシアが気を揉むまでもなく、しっかりとしているだろう。

「一年経って、カイルが王都に戻る時にもきっとニュースになるわ」

「そうだね。一年後に俺が王都に行く時は、ハプスグラネダ領の大切な宝物を譲り受けていると思うから、きっと騒ぎになる」

「泉に初めて行った時も言ってたけど、そんな価値のある宝物なんてあったかしら」

アリシアは首を傾げた。

〝いちばん綺麗な星〟の謎も解決していないのに、カイルが目的にしているらしい〝ハプスグラネダ領の宝物〟の謎もできてしまった。

たとえば祖先の騎士が王家から賜ったという繊細な装飾の施された細い剣だとか、両親が家宝として大切に扱っているものはあると言えばある。

だけど、王子であるカイルが欲しいと思うほどの業物があるとは思えなかった。

「あるよ」

アリシアの心を読んだかのようにカイルは断言した。

「もらえるのは確定したの？」

「どうかな。多分、大丈夫だとは思ってるけどね」

その確信に満ちた声から、カイルに目当てのものがあることは確かなようだ。

もっとも、何かを得たいという明確な目的がなければ、わざわざ第三王子自らが足を運んだりもしないだろう。

そしてカイルの興味を惹くものが、自分の生まれ育った大好きなハプスグラネダ領にある。そう思うと誇らしい気持ちになった。

「やっぱり欲しい気持ちに変わりはないから……頑張るよ」

「それでもらえたら、どうするの？」

「もちろん大切にするよ」

「大切にしてもらえるなら私も嬉しい」

「うん。一生ずっと、大切にする」

譲り受けたその時は、アリシアにもその宝物を見せてくれるだろうか。

でも、〝いちばん綺麗な星〟のように、きっと見ることは叶わない。そんな気がした。

そこから何を言えば分からなくなると、軽やかな鈴の音が響く。開け放たれたドアの向こうから一匹の猫が姿を見せた。

「あ……」

思わずアリシアは声をあげる。もしかして、とカイルに尋ねた。

「カイルの、飼い猫？」

「飼いはじめてから、そろそろ七年になるかな」

期待通りに返って来た、七年前、という言葉にどきりとする。やっぱりそうだ。すっかり成長しきってはいるけれどきっと、アリシアが七年前に王城の庭園で見かけた仔猫だ。

「ミィ、お客様にご挨拶はできるかい？」

カイルも猫に気がついたのか声をかける。ミィという名前らしい。猫は「できる」とでも言わんばかりに鳴き、アリシアの足元にすり寄った。

「いやがるようならしないけど、抱っこしてみてもいい？」

「うん」

許可を得てから、脅かさないようにそっと手を伸ばして抱き上げた。ずっしりと重いけれど、おとなしく腕の中に収まってくれる。温かくて日だまりのような良い匂いがした。

「仔猫の頃からやんちゃで木登りが好きで、いないと思って探し回ったら枝の上でのんきに寝ていたりするんだ」

「そ、そうなの」

何でもない風を装って返事をする。

思えば、七年前もミィは木に登って、そして降りられなくなっていた。

もしあの時ミィが木に登らなかったら、カイルとの出会いはどうなっていただろう。アリシアはもっと、普通の令嬢らしい姿を見せることができていただろうか。そう考えて、小さく首を振って否定する。

（あの時の私はこの子の鳴き声に誘われてあの場所に行ったんだもの。そしてきっと……カイルも、この子を探していたから中庭に来た）

出会えたのは、ミィのおかげだ。

——でも。

（猫は薄情だなんて言われたりするけれど、あなたのご主人様の王子様の方が薄情みたい）

別に、仕方のないことだけれど。

アリシアは小さく嘆息し、七年振りの再会となった猫の首元に鼻先を押しつけた。

朝からずっとタルトを作り、カイルの家を訪ねられる頃には昼の三時近くになっていた。

一昨日も来たばかりで迷惑に思われたりしないだろうか。

足を踏み出してはそんな不安が脳裏をよぎる。

でも、苺のタルトのお裾分けをすると約束した。

早めに作らないと苺だって傷んでしまう。

だから、続けて来ることになるのは仕方がないことなのだ。

そう何度も言い聞かせ、いよいよカイルの住む別宅に到着した。

「いらっしゃいませ、アリシア様」

「こんにちは」

すでに顔を覚えてくれている様子の門番たちに挨拶すると、そのうちの一人が門扉を開けて中に入るよう促した。

カイルに伝えなくて大丈夫なのだろうか。

アリシアは思わず心配になりながら目を瞬かせた。

「アリシア様がいらっしゃったらいつでもお通しするよう、殿下から申しつかっております」

そんなアリシアの心情を見透かしたかのように門番は笑う。

アリシアが抱えた荷物を預かろうとしてくれたから、それは丁重に断った。自分の手で渡したかったのだ。

玄関を通るとさすがに少し待たされたものの、先に何も言わずに訪ねて来たことを考えればカイルは早めに姿を見せてくれた方だろう。アリシアを見て驚いたような顔をする。

「今日はどうしたの」

「あの、苺のタルトを焼いたから、それでお裾分けに来ただけなの」

「タルト？」

「ごめんね、一昨日会った時に今日持って来るって言えば良かったんだけど……また時間を作ってもらうのも申し訳ない気がしたから。二ホール入ってるから、お屋敷の皆様で召し上がって下さい」

一息に話し、手にしていた包みを差し出す。

受け取ってもらったら帰るつもりだった。

用件も済ませ、きびすを返そうとするとカイルに呼び止められる。

「良かったら一緒にお茶にしよう。先に言ってくれてたら迎えに行ったんだけど、丘を登って来て疲れてるだろう？」

拒絶などアリシアにできるはずもない。

小さく頷くとカイルも笑顔で頷いた。


客室に通され、カイルと向き合う形でテーブルを挟んで着席すると、濃紺のお仕着せにエプロンを重ねた品の良い女性がワゴンを押してやって来る。

茶器もケーキ皿にも、全て青い薔薇が描かれていた。その繊細な図柄に思わず見惚れるアリシアに微笑みかけ、女性はてきぱきと紅茶の準備を進める。ややオレンジの色味が強い鮮やかな琥珀色のお茶が注がれたティーカップと、皿に切り分けたタルトを二人の前に並べて行った。

アーモンドクリームをたっぷりと敷き詰めて焼いたタルト台。

さらにその上に柔らかな卵色をしたカスタードクリームを乗せ、見た目の華やかさの鍵を握る肝心の苺たちはシロップで艶々とルビーさながらに輝いている。

お手製のタルトは、我ながら内心で自賛してしまうくらい食器の豪華さに負けてなかった。

「もう一ホールは皆で食べていいそうだよ」

仕事を済ませて後は退室するばかりの女性にカイルが声をかける。

婚約者のいる王子様が王都を離れて暮らすからか。彼の身の回りの世話をするであろうメイドたちは皆、アリシアの母とそう変わらない年齢の女性ばかりだった。

「まあ。それはお気遣いいただきましてありがとうございます、アリシアお嬢様」

「お口に合うと良いのですが……どうぞ皆様で召し上がって下さい」

「恐れ入ります」

女性は一礼をし、今度はワゴンを押しながら客室を後にする。

その後ろ姿を何とはなしに見送り、アリシアはカイルに向き直った。

「紅茶、いただいてもいい？」

「もちろん」

そう言ってカイルはミルクピッチャーとシュガーポットを差し出してくれる。

アリシアは色と立ち上る匂いで茶葉の種類を想像しながら、自分の好みの量の砂糖だけ入れるとティースプーンで静かにかき混ぜた。先に使わせてもらったそれらをカイルの方へと戻し、お礼を言う。

「ありがとう。じゃあ、遠慮なくいただきます」

ソーサーごと持ち上げたカップを口元に運び、まずは茶葉の豊かな香りを楽しむ。

それからゆっくりと息を吹きかけながら一口飲んだ。

茶葉の予想は当たっていた。

でも、予想していたよりも遥かに味に深みがある。さすがに王室ご用達ともなると、そもそもの質が違うのだ。

「おいしい……」

思わずうっとりと呟くと、カイルは嬉しそうに目を細めた。

青い薔薇のカップを手に持った様は、持ち運び用の簡素なカップを持っている時とは比べ物にならないほど絵になる。

王子様らしいところを見られただけでも来て良かった。

あまり見られる姿ではないから、しっかりと目に焼きつけておこう。

「気に入ってくれたなら、未開封の缶が他にもあるから帰る時に渡すよ」

「え、でも」

アリシアはカップを置いて顔を上げた。

とても高い茶葉に違いない。

それを、言葉は悪いが、ついでで使った苺のタルトのお礼にもらうには釣り合わなすぎる。

カイルはミルクも砂糖も入れた様子のない紅茶を飲み、やはりカップをソーサーに戻すと何故か身を乗り出す。

そうして驚いた表情のアリシアと目を合わせ、その右手首を掴むとフォークを握らせた。

この行動に覚えがある。

温室で、苺を味見した時と同じだ。

手を掴んだまま、アリシアの前の苺のタルトを切り分ける。

一口大より少し小さいくらいのタルトをフォークに刺し、自分の方へ引き寄せた。

アリシアはあの時と同じように抵抗もせず、なすがままだった。苺のタルトを食べたカイルが唇の端を満足そうに上げるのを見つめるだけ。

「こんなにおいしい苺のタルトを作って来てもらったしね」

笑みを深め、アリシアの手からフォークを取る。

あ、と小さな声をあげ、アリシアは手をゆっくりと下ろした。掴まれていた手首が、ほのかに熱を持っているような気がする。そう思うと顔まで赤くなっているのではないかと、今さらながら俯いた。

カイルは自分が食べた苺のタルトと同じお皿にフォークを乗せ、代わりに本来なら彼の分として用意されていたお皿と取り替えてアリシアの前に戻す。

「――普通に自分で食べたら良かったのに」

気恥ずかしさからアリシアが唇を尖らせれば、カイルは悪戯が成功した子供のように笑った。

「最初の一口はいちばんおいしい状態で食べたいと思ったら、自然と身体が動いてたんだ」

アリシアは耳まで熱くなるのが分かって、誤魔化しきれない反応を誤魔化すようにタルトを口に運んだ。

□　□　□

「ただいまー」

友人たちとの集まりから家に帰ると応接間に両親と兄が揃っていた。

この時間はまだそれぞれに仕事をしている時間なのに珍しいこともあるものだ。けれど、それ以上に珍しい人物の姿も一緒にあった。

「お帰り、アリシア」

「お帰りなさいませ、お嬢様」

アリシアを出迎えた声はカイルとディアスのそれだ。客人用の長い椅子に腰を下ろすカイルの背後を守るようにディアスが立ち、揃ってアリシアに視線を向けている。

「あ、ただいま帰りました……。いらっしゃいませ、カイル殿下ディアス様」

カイルを温室ではなく家の中で見るのは不思議な気分だ。

家族がいる手前、咄嗟に敬語で出迎えて淑女の礼をするとカイルは目を細め、にっこりと笑った。

「お邪魔してるよ」

どこかで見覚えのある表情だ。アリシアは記憶を手繰り、思い至る。

図書館で、殿下と呼ばなくてもいいと言われたのにそう呼んでしまった時の笑顔と全く同じだった。

でもさすがに、ここ最近のような砕けた話し方ができる状況ではないと弁《わきま》えているつもりだ。アリシアは悪くない……と思う。

ディアスを見やれば相変わらず穏やかな笑みで見つめ返された。それから困ったように小さく会釈をする様子から、カイルが殿下呼びを快くは思っていないことを知っているのかもしれない。

「先日は苺のタルトをありがとうございます。お嬢様のお心遣いのおかげで皆でおいしくいただきました」

「いえ。おいしく召し上がっていただけたのなら何よりです」

苺のタルトは無事に全て食べてもらえたようだ。

アリシアが安堵の笑みを浮かべるとカイルも見慣れた笑顔を見せる。

「また今度改めてお例の品を贈るから楽しみに待ってて」

「お礼の品だなんてとんでもございません」

思いがけない申し出にアリシアは首を振った。

タルトは食べてもらいたかったから渡したものだ。

それにお礼ならすでに紅茶をもらっている。

でもきっと、カイルは一度お礼の品を渡すと決めたからには後には引かないのだろう。

せめてあまり高価なものではないことを祈るしかない。

「アリシア、まずは荷物を部屋に置いて来なさい。カイル殿下に於かれましてもアリシアが帰って来たことですし、お話はアリシアも交えた状態でまた改めてということでよろしいでしょうか」

「ああ、それで構わない」

「アリシア」

ジェームズに声をかけられ、アリシアは視線を移す。

「とりあえず先に着替えておいで」

「は、はい」

妹とは言え女性の着替えを急かすことも、かと言って王族の客人を待たせることもできず、兄がやんわりと行動を促した。

「申し訳ありません。一旦出直して参ります」

確かに今はカイルを見ている場合ではない。

アリシアは淑女らしさよりも待たせないことを優先させるべく、慌ただしく挨拶をして部屋へと戻った。

扉を閉め、背中を深く預けると途端に心臓が痛いくらいばくばくして来る。

どうしてカイルがいるのだろう。

しかもアリシアの家族が揃っているくらいだ。重要な話をしに来たに違いない。

(——もしかして)

と、可能性もなくはないことに思い当たって心臓がさらに跳ね上がった。

まさか今になって、七年前に庭園の木の枝を折ったことの処罰が決まったのだろうか。

そういうことなら当事者であるアリシアが応接間に戻ってから、改めて話をするというのも筋が通る。

大切にされていそうな木だった。処罰もそれなりに重いかもしれない。

七年前も思ったようにアリシア一人の責で済めば良いけれど、どうだろう。どうあっても家族に迷惑をかけてしまうのは避けられない。

でも本当に七年前の話をしに来たのなら、カイルは思い出してくれたということだ。

（七年前に会ってるって、思い出してくれたの？）

ワンピースに着替え、髪を結い直す手がかすかに震えた。


「夜会？」

不安と期待とが半々に入り交じった気持ちで応接間に戻ったアリシアの前でされた話は、六月の終わりに王家主催の夜会をカイルの住む別邸で開くというものだった。

まだ二か月近く先の話だが招待する予定にある近隣の貴族が領内を出入りする関係で、ハプスグラネダ伯爵の了承を得る必要があったらしい。

「いつも六月に王城で開かれているものですが、今年はカイル王子が王都を不在にしておりますし、ならば今年はあの別邸で行おうという運びになったのです」

カイルの代わりに口を開くディアスの説明を受け、アリシアは気が抜ける思いだった。それならアリシアがいなくたって別に良かった気がする。

それに……思い出してくれたわけじゃなかった。分かっていて、なおもまだアリシアの心は沈む。

(ばかね。もう、知っていることじゃない)

アリシアは小さく首を振った。

その話は前にカイルの家を訪ねてみた時に自分の中で決着をつけたではないか。ディアスが傍仕えしていても何も変わらなかったのだから、これ以上の進展が突然あるはずがない。

だけどあと何回〝でももしかしたら〟を期待してしまうのだろう。

いっそ、嘘でもいいから覚えていると言ってくれた方が楽になれるのに。

でも覚えていないことで話題の共有を求められたら、とても面倒な事態になるのは分かる。だから、どうしようもないのだ。

しょんぼりと項垂れるアリシアにディアスが何か言いたげな目を向けていたことに、俯いたままのアリシアは気がつかなかった。

「こ、国王陛下と王妃殿下もいらっしゃるのですか」

アリシアの落胆をよそに話は進み、夜会には国王と王妃も出席すると聞かされた領主一家四人は全員驚きの声を上げた。

ハプスグラネダ家が主催する夜会ではない以上、この家に招いて直接もてなすわけではない。だけど国王と王妃が来るなどとハプスグラネダ領はじまって以来の大きな出来事だ。第三王子直々に特別気を遣う必要はないと言われても、素直に鵜呑みにするわけにも行かない。

さすがに大らかな父も、若干青ざめた顔で国王夫妻の来訪に関することを尋ねている。自分ができることは何もない以上、アリシアは黙ってやりとりを見守るだけだ。

(国王陛下と王妃殿下……カイルのお父様と、お母様)

アリシアは七年前に遠目で見た国王夫妻の姿を頑張って思い出そうとしてみた。だけどいかんせん子供の頃に一度見たきりの、あまりにも遠い存在である。ぼんやりとしたシルエットが浮かぶだけだった。

それよりもアリシアの目を釘づけにした、白いマントを羽織っていたカイルばかりが頭に浮かんで来る。

でも国王夫妻はカイルの両親なのだ。カイルはどちらに似ているのだろう。そう思うと畏れ多い気持ちもあるが一目でも会ってみたい気がする。

「アリシア」

兄に声をかけられ、父と話すカイルに思わず見惚れていたアリシアは我に返った。

もちろん身分はアリシアの父よりカイルの方が比べるまでもなく高い。それでも倍以上も年上の相手にも毅然とした態度で応えるカイルの姿に、つい見入ってしまっていた。生まれながらの王子様であることが分かる瞬間には何度だって目を奪われてしまう。

「カイル殿下とディアス殿がお帰りになられるようだよ」

「で、ではお見送り致します」

とりあえず今日のところは夜会を開く許可が得たかっただけらしい。

アリシアが立ち上がると、兄は厩舎に馬が繋いであるからと教えてくれた。ということは馬車ではなく、それぞれが馬に乗って来たようだ。

外部から客人が来ることも少ない家ではあるけれど、稀に商談目的で訪れる人物もいる。そんな彼らの為に簡易の厩舎が家の左手に用意してあった。

「お嬢様がよろしければ私が自分で門を開閉させていただきますので、王子とお話があるようでしたらごゆっくりどうぞ」

ディアスはそう言って気を利かせてくれたものの、何て返事をしたら良いものだろうか。アリシアが迷っていると、先にカイルが「頼む」と答えてしまった。ディアスは深々と一礼し、やはり軽々と馬に跨る。

「ではお嬢様。私はお先に失礼させていただきますが、もうしばらく王子のお相手をよろしくお願い致します」

「は、はい。お気をつけてお帰り下さい」

「お見送りありがとうございます」

蹄の音が聞こえなくなるまでディアスを見送った後、アリシアはカイルを見上げた。

「てっきり馬車で来たとばかり」

「お互い、並んだり向かい合って座ったりの移動はしたくはないからね。自分の馬でだよ」

カイルは答えながら柵の上部に繋がれた馬の手綱を解き、左手で取った。反対側の手を差し出され、アリシアはそっと自分の手を重ねる。

もう手なんて繋げないと思っていた。自然と唇が笑みの形を描く。指が触れ合うだけで心をいっぱいに満たしてくれる人なんてどこにもいない。

「最初ここに来る時は馬車だったんじゃないの？」

「いや、それこそ馬だよ。じゃないと愛馬をこっちに連れて来られないしね」

「そうなんだ」

他愛のないことを話しながら、少しずつ理解を深め合うようにゆっくりと歩いても門に着いてしまった。家の中庭がもっと広かったらと思わずにはいられないけれど、これ以上広かったら一緒に歩いて移動はしていなかったかもしれない。もっといたいと想いを募らせる距離は、偶然の産物ながら絶妙な距離だった。

約束通り、ディアスはちゃんと門を閉めてくれていた。それを再び開けてカイルと外に出る。

もう少しだけ一緒にいたい。

そんなことを考えていると、カイルと目が合った。

「アリシア、この後は何かの予定が入ってる？」

「ううん」

「それなら泉まで少し散歩でもしようか。せっかく会えたんだし」

「カイルはいいの？　すぐ帰らなくて」

「すぐ帰らないといけないいなら誘わないよ」

「――それも、そうね」

一理あると思って頷けば、カイルは楽しそうに笑う。

「じゃあ行こう」

そこから泉に向かう途中、自然と夜会についての話になった。

「国王陛下と王妃殿下が夜会の為にハプスグラネダにおいでになって、大丈夫なの？」

「父はエリオット兄さんに早く王位を継いで欲しくて、もう内政のほとんどを任せてるみたいだし問題ないよ」

何だかカイルの口から「父」とか「兄さん」とか言われると不思議な感じがする。その対象が国王であり王太子なのだから無理もなかった。

家族の会話はどんな感じなのだろう。

一家団欒の食事風景も想像がつかない。

王太子エリオットや、そういえば未だ名前を知らない第二王子とは兄弟仲は良いのだろうか。

「それに、夜会は両親がハプスグラネダ領に足を運ぶ口実みたいなものだし」

「口実？」

「前に王都に行った時、一度アリシアに会わせろってうるさかったからね」

「私に？」

アリシアは首を傾げた。

国王に直々に会いたいと思われるようなことをした心当たりがまるでない。

強いて言えばカイルと多少親しくさせてもらっているくらいだろうか。それで、息子がお世話になっていますみたいなことを話したいだけ？

小さく唸りながら悩むアリシアをカイルは微笑まし気に眺め、その頭をそっと撫でた。

「別に堅苦しく気を張らないで、いつものアリシアでいいよ」

「それがいちばん難しいのに……」

「ちゃんと俺が傍にいるから」

アリシアは一瞬息が詰まりそうになってしまった。

このタイミングで何てセリフを放り込んで来るのだろう。

確かにカイルが一緒にいてくれるなら安心だけれど、いやしかし、こうやって国王夫妻の前でもからかわれたりするかもしれない。それは困る。

思考がぐるぐる回ってしまい、最終的に根本的な問題へと帰って来た。

夜会が開かれ、そこに招待されるに当たって問題点が一つある。

アリシアは相変わらず踊れないということだ。

六月に開かれる夜会へ着て行くドレスについては、母が久し振りにアリシアのドレスが縫えると張り切っているから問題はない。ドレスだけならどこへ出ても恥ずかしくない綺麗なものを作ってもらえるはずだ。

でも、ドレスを持っていないということは夜会に出た経験がないということであり、踊る機会がないのだから踊る練習をする必要もない。

大人になったら踊る機会は増えるかもしれないと、いつかの為に練習しようと思ってはいた。けれど他にやること、やりたいことが多すぎて後回しどころか、いつやるか考えもしないままここまで来てしまっていた。

「あと私、踊れないし」

「踊りたいの？」

泉に着き、手近な木に愛馬を繋いだカイルに聞かれてアリシアは目を丸くした。

「夜会に招待してくれたのに、私とは踊ってくれないの？」

そうなのか。

てっきり一曲くらいは踊ってくれるものだとばかり思っていたから未だに踊れないことを困っていたのに、アリシアをパートナーにして踊ってくれるわけではないのか。

一人で勝手に思い込んでいたことが恥ずかしくて膝に顔を埋めると、カイルが吐息と共に呟く声がした。

「……アリシアはずるいな」

何がどうずるいのか。ずいぶんな言われように視線を向ければ、口元を右手で覆っているカイルと目が合う。

「ずるいってなんで？」

「ずるいから」

「それじゃ答えになってないよ」

以前どこかで聞き覚えのあるやりとりだ。

自分が追及する側となると、やはり明確な答えが欲しいものなのだと思った。

だけど簡単に答えを出せるくらいなら困ることなんてありはしないのだ。

「それじゃあ、少し練習してみる？」

「えっ」

「俺で良ければお手をどうぞ、苺のお姫様」

短い思案の後、カイルは気取った言い方で右手を差し出した。唐突な誘いに、照れ隠しもあって思わず笑ってしまう。

「苺のお姫様って」

「当日はもっとちゃんとした言葉で誘うから、今日のところは気に入らなくても我慢して」

アリシアは首を振った。

心の中で何度も「苺のお姫様」と言ったカイルの声を思い出す。その度に唇の端が上がってしまいそうになるのを懸命に堪《こら》えた。アリシアも立ち上がって、できる限り美しい仕草を意識しながらカイルの手を取る。

「ダンスは不慣れですがよろしくお願い致します、素敵な王子様」

嬉しい。

「お姫様」って、言ってくれた。

それから、やっぱりアリシアのイメージは苺なのだと思うとおかしい。

でも、もっとちゃんとした言葉ってなんだろう。夜会で異性からダンスに誘われたことも、誰かが誘われているところを見たこともないからまるで想像がつかなかった。

気になるけれど、それを今聞き出す野暮さは持ち合わせてはいないつもりだ。当日まであと約二か月、どんな言葉で誘ってくれるのか楽しみにしていよう。

「ステップ自体は分かる？」

「結局はできなかったけれど、練習はしようと思ってたから」

七年前に王城での舞踏会から帰って来てから、ハンスに練習のパートナーを頼もうかと思ったことはあった。だけど、やっぱり踊る機会なんてないだろうからと見送り続けていたのだ。

「それで誰かとこうやって練習はしたの？」

「ううん、一度も」

「じゃあ君が踊るのは俺が初めてになるのかな」

カイルに聞かれ、一度もないと正直に答える。嘘をついたってどうせすぐばれてしまうのだし、見栄を張っても仕方がない。

全くの初心者に教えるのはカイルも面倒で嫌かもしれないと心配にはなったけれど、特に何も言われなかった。

「うん。全然上手く踊れないと思うけど」

「踊れるようになる為の練習なんだし、構わないよ」

片手を肩の位置で軽く繋ぎ、もう片方の手はカイルの腰の辺りに添える。それからカイルのリードでゆっくりとぎこちないステップを踏んだ。

目を閉じ、思い切ってカイルの肩口へ額を押し当ててみる。瞼の裏に浮かぶのは七年前に一度だけ見た王城の、圧倒的なまでに広く煌びやかなホールだった。

あの時に流れていた音楽は兄と食べることに夢中だったせいもあって思い出せなくても、貴婦人たちが纏う色鮮やかなドレスが優雅に揺れていた光景は覚えている。

美しい光景を思い描くにつれ、弾んでいた心がどんどん萎んで行く。

王都に住む貴族の令嬢たちの暮らし自体を羨ましいと思ったことはないけれど、今だけはカイルと踊る機会に恵まれている彼女たちが羨ましいと思った。

お姫様みたいなドレスを着て王子様と踊るのはどんな気分なのだろう。そしてカイルは今までお姫様の他に、何人の令嬢たちと身体を寄せ合って踊ったのだろう。

(――いいな)

アリシアだって――できるなら七年前に踊りたかった。踊りの練習を一度もしたことがないけれど。あの頃のカイルは誰かと踊ることがなかったのだとしても。

心が浮き上がったり沈んだり忙しい。全部カイルのせいだ。

全部。――全部。

「どうしたの、浮かない顔して」

「カイルは踊り慣れてるみたいだけど、お姫様とたくさん踊ったの？」

ふいに尋ねられ、心の中に抱いていた不安が口をついて出た。

そんな言葉が返って来るとは思ってはいなかったのか、カイルは目を丸くする。アリシアはそこでようやく自らの失言に気がついたけれど、今さらどうにもならなかった。

「――こう見えて俺は第三王子だからね」

言葉を選んだ様子に、踏み入られると困る部分に触れようとしているのだと察する。

煌びやかな王城で開かれる夜会で、ホールの中心で人々の羨望の視線を受けながら美しいお姫様と踊るカイルの姿が目に浮かんだ。曲が終わったら今度は、瞳を輝かせて自分の順番を待つ令嬢の手を取るのだ。

(――王子様、だから)

アリシアは何とか笑顔を浮かべてみせた。

「私は、王子様とでもちゃんと踊れていますか?」

苦しい言い訳で誤魔化す。カイルは真意を探るような目を向けて来たものの、取り立てて追及はせずにそのまま話を合わせてくれた。

「踊れなくても俺に身体を預けてればいいよ」

「それじゃあ今こうやって練習してる意味は?」

「練習はしておいても損はしないだろう?」

カイル以外と踊る予定も、そのつもりもないのにどこかで役に立つとは思えない。けれど、あえて何も言わずに頷いた。

でも、とアリシアの腰を抱いたままカイルは続ける。

「アリシアは別に踊りたくないと思ってた」

「苺の栽培にしか興味がなさそうとか、カイルは私のこと知らなさすぎだと思う」

咎めるつもりではなかったのだが前にもあった似たようなケースの話を持ち出すと、何故かカイルの表情が変わったような気がした。

怒らせたというわけではなく、上手く言えないけれど、ひどく大人びた――と言えばいいのだろうか。状況がまるで飲み込めないアリシアの顎をそっとつまみ、上を向かせて目をのぞきこんで来る。

「だったら、アリシアのことをたくさん教えて？」

アリシアは目を大きく見開き、何度もしばたたかせた。

そう言われると逆に困ってしまう。知って面白い情報は持ってない。

何かあっただろうかと自分のことながら探りを入れるアリシアを見るカイルがやけに楽しそうで、アリシアはまたからかわれていることに気がついた。

「からかうなんてひどい」

「からかってないよ。本当に、アリシアのことをもっとたくさん知りたい」

今にも鼻先がぶつかりそうな距離で囁かれ、息をするのも忘れそうになる。実際に呼吸できていなかったのか息が苦しくなって、慌てて顔を背けると何度も深呼吸を繰り返した。カイルの笑い声が耳のすぐ横から聞こえる。

あまり意識したことがなかったが、カイルの声が近くで聞こえると安心するのに……胸がきゅっと締め付けられもした。

どうしよう。

無意識に助けを求めてカイルを見上げた表情は、きっと浅ましい。けれどカイルはそこには一切触れなかった。

「同じくらい、俺のこともアリシアに知ってほしい」

今度は耳元で優しく囁いたカイルの言葉に、アリシアは陶然とした気持ちで頷いていた。

□　□　□

ハンスの様子が最近おかしい。

それにはっきりと気がついたのは数日前のことだったけれど、記憶を遡ると十日近く――王都から戻ってお土産をもらった後から――こんな状況が続いているように思う。

何か言いたげな目線を送って来ているのに、いざ目が合うと顔を背けてしまう。どうにも煮え切らない態度の幼馴染みを見て、アリシアは何度目か分からない小さな溜め息をついた。

領主の娘と地方新聞の跡取り息子という間柄で、かれこれ十四年もの長い付き合いになろうとしているのに、こんなことは初めてだった。

もちろん包み隠さず何でも打ち明け合っているわけでもない。

少なくともアリシアには秘密と言えるものがあるし、ハンスにしてみても秘密の一つや二つはもちろんあるだろう。

だから言わないことが引っかかり続けているわけじゃない。言おうとしていながら、同時に飲み込もうとしていることに引っかかりを覚えるのだ。

「何か私に言いたいことがあるんじゃないの？」

このままでは無暗に溝を作る一方な気がして月曜の早朝、アリシアは新聞を受け取りながらハンスに尋ねた。他に人目がある場所では言いにくくても、このタイミングであれば多少は話がしやすいのではないかと思ったのだ。

ハンスは唇を引き結ぶと視線を彷徨《さまよ》わせた。言いたいことがあるのにどう切り出せば良いか迷っているのが表情や仕草からありありと見て取れる。

アリシアも踏み込むべきか迷っていた。ひんやりと張りつめた空気が肌を刺しているような気がするのは、決して早朝という時間のせいではないだろう。多分ケンカになるとアリシアは思った。

ケンカもちょっとした言い合い程度のものから、数日間口を利かない大きなものまで何度もしていた。その結果長所も欠点も知り、性別は違えど友情を育み続けて来られたのだ。

でも、ハンスが躊躇《ためら》いを見せたことで違和感を覚える。

本当に言わせて良いのだろうか。

しばらく互いに何も言わないでいたが、結局はハンスが先に口を開いた。

「お前さ、あの王子様と何かあるのか？」

「何かって？」

何日も前から言おうとしてはやめていたのはそのことに関してだったのか。

ずっと気にかけていたことが解決してすっきりする一方で、予想もしていなかった方向から冷たい手を素肌に押し当てられたような感覚にアリシアはそうと気がつかれないよう小さく身震いした。

言葉を濁していたハンスの背中を押したのは自分だ。

ハンスの言おうとしていることは分かる。でもまさかハンスがそれを言ってくるとは思わなかった。

何かあるのかと聞かれれば何もない。だけど何もないと言うには何かがある。

ハンスが勘繰るような決定的な何かがあれば良かった。アリシアはそう思いながら首を振る。

「別に何もないよ」

だがハンスは疑念の色を強くした。

アリシアがわざとはぐらかしたと受け取ったのか、自嘲気味な笑みを浮かべる。らしくもない表情にアリシアが戸惑った時にはもう、ハンスの中に燻《くすぶ》っていた不穏の種に火が灯った後だった。

「甘いことを言われて絆されてるんだろうけど、どうせ王子様の退屈しのぎに弄ばれてるだけなんだろ？　本当に好かれてるとか、お前だって思ってないんだろ？」

どうしてハンスにそこまで言われなければいけないのか。アリシアの心にも瞬時に火がついた。

冷静になればアリシアを心配してくれていると思えただろう。だけどアリシアだけでなくハンスも正常な判断ができておらず、相手も同じ状態にあるのだとお互いに気がついていない。

無意識のうちに触れたくないと思っている場所、触れられたくないと思っている場所に触れて触れられて、思考のほとんどが罪悪感や嫌悪感へ取られてしまっている。

「……そんなこと、ハンスに言われなくたって分かってる！」

思わず大きな声が口をついて出た。その大きさに自分でも驚いたが、ハンスに煽られた黒い炎はあっという間にアリシアを飲み尽くし、激しい感情が次々に溢れてくるのを抑えられない。

アリシアをからかって楽しんでいるような表情と声。思い当たる節はたくさんある。

どんどんアリシアの想いばかりが膨らんで行って、でもカイルは相変わらず余裕ありげな反応のまま何も変わらないのだ。それが何を意味しているのか、いくらアリシアが色恋沙汰に疎くても分からないわけがなかった。

カイルがアリシアを弄んでいるのかと言えば違うのだろう。

ただ、最初からずっと自分にそう言い聞かせて来たように、カイルにとって貴族の令嬢とは社交的な理由で親切にする対象にしか過ぎないという話だ。

実際にはお姫様がいるのだから、いくら優しげに振る舞っていたってカイルは彼女以外とは恋をしない。

それでも、アリシアはまんまと好きになってしまった。

第三者から見た自分の姿を知ってしまうと、それは何て惨めなんだろう。

重さの違う二つのものを高い場所から同時に転がしても、重い方だけが転がり落ちて行くだけなのに。何一つ客観的に見ることができず、転がるがままのアリシアはひどく無様だった。

（本当に、バカみたい）

だけどそれを選んだのはアリシアなのだ。カイルが権力に物を言わせて無理強いをしているわけでも、耳あたりが良い言葉を並べて頼んだりしたわけでもない。

王子様とは結ばれないと知っていて、アリシアがお姫様になる夢を見続けられる方を望んだ。そしてそれは「苺のお姫様」という些細な一言で叶えられたのだ。

本当のお姫様じゃないアリシアに魔法はかからない。

カイルがハプスグラネダ領にいる間だけの、長くても一年しか持たないはりぼてのお姫様だ。下手をしたら一年すら持たない可能性だって十分ある。

いや、本当はもう察していた。

アリシアの恋は六月下旬までの、あの別邸で開かれる夜会までの恋だ。夜会にはきっと、お姫様もやって来る。でも、それもこれも全て承知の上でのことだった。

「私が、いちばん分かってる」

「アリシア……」

王子様にとって、たった一人のお姫様になりたい。

少女なら誰しもが抱くであろうささやかな夢は、叶わないと分かったうえでなおも心から願い続けることは滑稽に見えるものなのだと思い知らされる。

アリシア本人だって、諦めて予防線を張っているのだ。もしこれが逆の立場だった時、違う世界にいるお姫様に恋をするハンスを素直に応援できるのかと言われれば答えに詰まっていただろう。

でもアリシアは七年前、王子様に出会ってしまった。

その人だけのお姫様になりたいと思った相手が本当に王子様だった。それだけなのに、その事実が何よりも重く苦しい。

「……すまん」

我ながらバカだよねと笑い飛ばせれば良かったのだろう。だけど唇を笑みの形に上げることはできなかった。でも誰が、自分の恋心を笑えるだろうか。

叶わないと分かっていても本当に好きなのだ。

「ううん」

最初は憧れでしかなかった。

生まれて初めて見た王子様の姿が眩しいくらい鮮やかで、アリシアの心に焼きついた。そんな些細なことだった。ただ自分でも初めての想いをどう処理したらいいのか分からなくて、胸の奥底にしまい込んでいた。

今になって再会なんてしなければ、もう少し大人になったその時に淡い思い出として懐かしく振り返ることもできていたかもしれない。

少なくとも本気で恋に落ちるなんて、思ってもみなかった。

七年前、心を許してくれる理由などなくてひどく素っ気なかった王子様は、今は別人のように優しくて、たくさん笑いかけてくれる。そんな王子様と会う度にアリシアの恋心は苺のように赤く、甘酸っぱい想いを伴って育って行く。

そして……完全に実ることなく、ひっそりと形をなくすのだ。

「悪い。帰って、頭冷やして来る」

ハンスは悪くない。

じゃあアリシアが悪いのか。

それ以上はお互いに何も言えなかった。


ハンスとはまともに口をきかないまま、さらに一週間が過ぎた。

新聞を受け取る時、意識して避けられているのをひしひしと感じる。

あの時、お互いに思っていること全てを吐き出した方が良かったのかもしれない。結果的に中途半端な状態にかき乱されただけのようで逆に辛かった。

売り言葉に買い言葉で暴き立てられたアリシアの柔らかな場所は時間の経過と共に癒えることも、力ずくで塞ぐことも許されず、ただ鈍く痛み続けた。


「……アリシア、何か落ち込んでる？」

「えっ？」

弾かれたように顔を上げると心配そうな表情のカイルと目が合った。カイルは手を伸ばしてそっとアリシアの頬を包み込み、優しい手つきでゆっくりと撫でる。

「今日はずっと元気がないように見える」

「そう、かな」

「うん」

アリシアは首を傾げた。

ハンスに言われたことがずっと頭に残っているのは事実だ。それにカイルも全くの無関係だというわけでもない。

けれど、だからと言ってアリシアの人間関係の悩みを打ち明けられても、カイルだって困るだろう。

このまま誤魔化しきろうとしたその時、頬を撫でるカイルの手がアリシアの頭へ移動した。銀色に輝く苺の髪飾りで留められた長い髪を梳くと、さらさらと流れる様子に心地良さそうに目を細めながら告げる。

「俺に言いにくかったり、言いたくないことなら無理に聞いたりはしないよ。でも、元気がないなって思って心配はする」

相変わらず自然な仕草で心の奥へと入り込んで来るのが上手い。それだけアリシアがカイルに対して無防備だということだろうか。

アリシアはさりげなさを装って離れ、両膝を抱えた。

どうしようか逡巡して結局、話を聞いてもらうことにする。自分一人で考えていても答えが出る気がしなかった。

「カイルは幼馴染みっている？」

「厳密に言うと幼馴染みとは違うかもしれないけど、ディアスとは付き合いが長いかな」

「ディアスさんと？」

「ディアスはああ見えて子爵だからね。年は十違うけど子供の頃から顔見知りだよ」

「そうなんだ」

元々の顔見知りだったのだ。アリシアはそれで、再会した時にディアスが言っていた「縁があって」という言葉に合点が行った。

それに、まだ年若く衛兵になって日が浅そうなディアスが、辺境の田舎貴族とは言え賓客である伯爵家の案内役を務めていたことも腑に落ちる。あの凛として洗練された身のこなしも、ディアス本人が貴族階級の人間だからなのだろう。

面と向かってではなくてもカイルを「ボンクラ王子」と言い切れる気やすさも、偏《ひとえ》に付き合いが長い為だ。

「じゃあディアスさんとケンカして気まずくなったりとか、したことある？」

聞いてから、ないだろうなと思った。

ディアスが十も上で、しかも相手は第三王子だ。空気が悪くなる前に上手く引いている印象がある。

カイルは記憶を辿っているのか頬づえをつき、やがて首を振った。

「ケンカしたりとかは一度もないかな。さすがにディアスとは年が離れすぎてるしね」

爵位ではなく年齢が離れているからケンカはしたことがない。そんな表現をするカイルの口ぶりから二人が本当に親しいのだと伝わった。

何となくカイルにとって、血の繋がった二人の兄王子よりもディアスの方が兄弟に近い感覚なのかもしれない。

「そっか」

「誰かとケンカした？」

今度はアリシアに質問が返って来る。もっとも、それは当然の疑問だろう。いきなりこんな話をしたら「幼馴染みとケンカして落ち込んでいます」と自白しているようなものだ。

アリシアは観念して頷いた。

「やっぱり、謝った方がいいよね」

「アリシアの方が悪いことならそうだね」

「……うん」

アリシアは膝の上に顎を乗せた。

痛いところを突かれて怒鳴ってしまったことはどう考えてもアリシアが悪い。だけど「退屈しのぎに弄ばれている」などと面と向かって言われたら、誰だって怒ると思う。もしそれが本当に事実なのだとしてもカイルの口から聞くべきことだからだ。

——アリシアには、カイルにそれを確かめる勇気はないけれど。

「正直、どっちが悪いとか悪くないとか、良く分からないの」

素直な気持ちをそのまま口にする。

どちらも悪いし、どちらも悪くない。

多分お互いがそう思っていて、そのうえで半ば意地になっている気がする。

だから普段ならその場で終わらせられるようなことでも謝れないでいるのだ。

「でも口をきかないでいるのは辛い状況なんだろう？」

「うん。大事な、幼馴染みだから」

「アリシアがその相手と今後も友達として親しくしたいなら、どっちが悪いとか謝るとかいう話じゃなくて、今の状態が続くのが嫌だって伝えればいいんじゃないかな」

ハンスは幼馴染みという位置付けで、友達だと考えたことはなかった。

その二つの関係は何がどう具体的に違うのか。聞かれても理屈では答えられないけれど、感覚的には友達と言うよりも家族と言った方がいいのかもしれない。

今までは一緒にいることが当たり前だった。だけど大人になれば、当たり前ではなくなって行く。

それは例えば仕事が理由であったり……あるいは恋が理由だったり、人それぞれに様々な理由があるだろう。

自分の足で歩き、生涯を共にする伴侶が現れれば、必然的に家族は一緒にはいられなくなる。けれどそれは決して別離ではなく、違う道を歩いて行くというだけのことだ。

そして一緒にいることと、一緒にいたいということは、似ているようで全く別のことだと今のアリシアは知ってしまった。

「明日、私から声をかけてみる」

アリシアは唇を引き結んだ。そう声に出して決意を固めただけで、心が軽くなったような感じがする。

「ちゃんと仲直りできるといいね」

「うん。ありがとう、相談に乗ってくれて」

お礼を言うとカイルは唇の端をほころばせた。

「やっと今日初めて笑ってくれたね」

完璧なまでの王子様スマイルで言われ、アリシアは真っ赤になる。まるでアリシアに笑って欲しいような口ぶりだ。

もちろん、隣で怒っていたり落ち込んでいられたりするよりはその方がいいのだろうけれど、そんなに綺麗な笑顔で言われたら自惚れた勘違いをしてしまいそうになる。

頬を手で押さえると熱を帯びていた。吐き出す息も熱い。掌を強く当て、冷まそうとしてみた。

何か言わなければと焦り、咄嗟に王子様と言えば……と脳裏に浮かんだことを勢いで口に出す。

「えと、あの、夜会ってカイルも正装するんだよね？」

「そうだね」

「じゃあ、白いマントを羽織ったりとかもする？」

「白いマント？」

カイルの不思議そうな声にアリシアは話題の選択ミスに気がつき、肩をすぼませた。

急に白いマントの話をされても意味が分からないのは当然だ。よりにもよって、どうしてこのタイミングでこの話をしたのか、自分の不慣れさに泣きたくなった。

「夜会だとマントは羽織らないけど……羽織ってほしいの？」

「な、何でもない。忘れて」

今すぐにでも消え去りたい気持ちで両手を左右に振る。

顔どころかカイルの方すら恥ずかしくて見られない。ひたすら羞恥に身を縮こませているとふいに頭を引き寄せられた。

抵抗する余裕などあるはずもなく、そのままカイルの胸に倒れ込む。

「いいよ。アリシアがそうして欲しいなら、時間もあるし用意しておく」

「……えっ」

思わず顔を上げたらまだ王子様スマイルのカイルと目が合った。

「だから安心して、友達と仲直りしておいで」

あやすようにぽんぽんと優しく頭を叩かれる。

子供じゃないのに……そう思いながらもカイルに甘やかされるのは心地良い。

背中に手を回すことはできなかったが胸に手を当てたまま、アリシアはじっと身を委ねた。


今日も避けられてしまうだろうか。

ハンスが新聞を届けに来るのを門の外で待ちながら、アリシアは明るんで来た空を見上げていた。

人を待つことは苦にならない。一緒に楽しい時間を過ごせると分かっているからだ。来るまでの短い間、何を話そうか、何をしようかと考えるのも好きだった。

だけど今は、そうしたいのにできない。次々と不安が沸き上がって、自分の力ではどうしようもなかった。

鳥の囀《さえず》りが遠く聞こえて来る以外には静まり返る中に人の足音が混じる。

視線を向ければ、新聞の最後の一部を手にしたハンスがひどく険しい顔で歩いて来ていた。

「おはよう、ハンス」

挨拶をしても返事はない。

その代わり新聞を差し出された。アリシアは両手を後ろに回すと、あからさまに受け取ることを拒んだ。

「おはよう、ハンス」

「……おはよう」

子供っぽいやり方だったが今度はちゃんと返事が戻る。

ここからが本題だ。アリシアは手を後ろにやったままハンスを見上げた。

「ごめんね、ハンス。この前はその……」

「仲直りした方がいいって、あの王子様に言われた？」

ハンスの表情は相変わらず崩れない。

簡単に元通りになるとは思っていなかったからそこは想定内だ。しかし、どうしてカイルの名前が出て来るのかがまるで分からない。

「カイルは関係ないよ」

アリシアの言葉にハンスがわずかに眉を上げた。

前にも見た自嘲気味の笑顔で問いかける。

「王子様を名前で呼ぶくらい仲が良いのか」

ハンスの表情にも言葉にも声にも小さいながら多量の棘が含まれていて、アリシアをちくちくと刺す。

「……カイルは、友達……だから、そう呼んでいいって言われてるだけ」

「友達、ね」

先程よりも短い言葉なのに棘の量が増えた気がする。

取り巻く空気の重さに息苦しさを覚え、アリシアは無意識のうちに自分の喉元に手を当てた。何か言葉を絞り出すように指で何度も撫で上げるが、喉にべったりと張りついている気がするだけだ。

ハンスは小さく「……クソッ」と毒づき、髪の毛を掻き毟《むし》った。

ここまでイライラしているハンスを見た記憶がない。けれど、アリシアがイライラさせてしまっているのだろう。

原因がアリシアにあるのだとしても、何に対して謝ればいいのか分からない。そして無意味な謝罪はハンスを余計に苛《いら》つかせると思った。

まずはハンスが自分の中で結論を出すことを待つしかないだろう。

黙ったままじっと見守っていると、やがてハンスは大きく息を吐き、静かに首を左右に振った。

「アリシア、お前さ」

真っすぐに見つめられてアリシアの身体が反射的に跳ねた。

恐怖からではなかったが、いよいよ核心に迫るような漠然とした心許なさがアリシアの全身を包む。

「そんなに怯えるなって」

ハンスは苦笑という形ではあったものの、やっと笑みを見せた。

しかしすぐに真面目な表情で次の一歩を踏み出して来る。

「もう一回確認だけさせてもらうけど、本当にあの王子様とは何もないんだよな」

「……うん」

何度確認されたって答えは同じだ。

何かはある。

身分の差を考えたら、王都ではありえないほど親しくしてもらっているのだろう。

だけど何かがあると人に言えるようなことは何もない。結局のところ、アリシアが片想いをしているだけだ。

アリシアが頷くや否や、ハンスはアリシアを強く抱きしめた。突然のことで抵抗できず、引き寄せられるがままにハンスの腕の中に閉じ込められる。

「え……。ハンス……？」

「お前が好きだ。子供の頃から、ずっと」

聞き慣れたはずのハンスの声が遠く感じた。

「冗談、だよね？」

頭の中が真っ白で、ひどく掠れた声が自分のものではないようだった。

だけど、ハンスが冗談でこんなことをしないと分かっている。

分かっているからこそ、思考が追いつけなかった。

「……冗談で、こんなこと言うわけないだろ」

ハンスの声も同じくらい掠れていた。その身体が小刻みに震えているのに気づく。

アリシアの答えが何であろうと〝何も知らない幼馴染み〟だった頃には二度と戻れないのだ。今の関係が確実に壊れると先に知っているから、震えているのだろう。

「返事を聞かせて欲しい」

今すぐに、この場で返事をするのは無理だ。

それでもアリシアは今すぐ答えを出さなければいけない気がした。

答えを先延ばしにしている間は、きっとまたハンスとまともに話をしない日々が続く。それでは結果的に何の意味もなかった。

壊してしまうか、違うものを新しく作り上げるか。

ハンスのことは好きだ。ずっと一緒にいる幼馴染みだから。

ハンスのことは好きだ。ずっと一緒にいて家族のように思っているから。

だけど。

アリシアは……カイルが愛しかった。これから先をずっと一緒にいたいと思う相手だから。

一緒にいることは叶わない願いだと思う。でもだからと言ってハンスの手を取ることはできない。

「ごめ……ごめん、ね……」

涙が溢れて止まらなかった。

たとえ本当に退屈しのぎとして弄ばれているだけでもいい。

もっと早くにハンスが気持ちを伝えてくれていたのだとしても、答えは変わらないと思う。

「ああもう……泣くなよバカ、ごめんな」

「だって、ごめんね、私、本当に……ごめんね」

「そんな謝るなって」

ハンスはアリシアの頭を撫でた。

「俺がお前の王子様になりたかったけど、なれないものはしょうがないよな。だから、これからもずっと幼馴染みでいてやるよ」

「……ごめんね」

「なあ、一つだけ聞いてもいいか」

いくぶんかの躊躇《ためら》いを含んだ声に、アリシアは涙に濡れたままの顔を上げて頷く。

視線が重なるとハンスは照れくさそうに小さく笑い、親指で涙を拭ってくれた。そうして、まだ躊躇《ためら》いの色を残しながら口を開く。

「いつから、あの王子様のことが好きだった？」

目を合わせられなくなってアリシアは俯いた。

咎められているわけではないのは分かっている。

ハンスはきっと、それで自分の気持ちに区切りと決着とをつけたいのだろう。ならばアリシアがハンスに示せる誠意は偽りなく答えることだけだ。

「七年前、から」

「七年前……。そうか、そうなのかあ……」

七年の年月を噛みしめるように呟き、それから深く溜め息をつく。その姿に、もしかしたらという思いがよぎった。

「までも、その前に気持ちを伝えてたところで変わらないか」

予感が、確信に変わる。

ハンスは七年以上前からアリシアを想っていてくれた。

ずっと気がつかないでいた幼馴染みの気持ちに再び涙が溢れて来る。でも、今度はもうハンスの手に頼ることなく自分で拭った。

ハンスも手を貸そうとはしない。ただ、どこか寂しそうに笑う声が聞こえた。

「もう泣くなって。それよりもこんなイイ男をあっさり振ったことを後悔しろよな」

「うん。ありが、とう」

アリシアもようやく少し笑った。

その両肩を強く抱きすくめ、ハンスは目を閉じる。

「すまん、もう少しこのままでいさせてくれ」

アリシアの手はハンスの身体を抱きしめ返すことはできない。けれど身じろぎもせずじっとしたまま、ずれてしまった関係が早く幼馴染みの位置まで戻ればいいと願った。

□　□　□

みんなで刺繍の手を一旦止めて休憩をはじめた時、グループの一人のシンディが瞳を輝かせながらアリシアに尋ねる。

「ねえ、アリシアは見た？」

「何の話？」

何についての話なのか分からず、アリシアは首を傾げた。

シンディはよほど興奮しているのか、胸の前で両手の指を組み合わせて恋人の話でもするかのように熱く語る。

「とても綺麗な女の子が、ハプスグラネダ領に来ているみたいなのよ」

「綺麗な女の子？」

断片的に出される情報に、アリシアの心臓が早鐘を打つ。

嫌な予感が脳裏をよぎるのを何度も押し留め、シンディにさらに問いかける。

「そうよ。見たこともないような立派な馬車に、綺麗なプラチナブロンドのお姫様みたいな女の子が乗っていたの。アリシアは伯爵から何かお話を聞いてないの？」

綺麗なプラチナブロンドをした、お姫様のような少女。

それだけでアリシアの心臓は凍りついた。

家に客人が来るなんて話は聞いていないし、お姫様のような女の子が今このタイミングでハプスグラネダ領を訪れる用事があるのだとしたら、カイルに会いに来たとしか考えられない。

そして、ハンスが王都で話しかけられたという令嬢も彼女なのだろう。

やっぱり、カイルの傍にいたいと願ってしまう限り、お姫様はアリシアの恋を許してはくれないのだ。

アリシアは唇の端を何とか笑みの形に変えてシンディに答える。

「特に何も聞いてないから、家に来たお客様じゃないと思う」

「そうなんだ。じゃあやっぱり殿下のところにいらっしゃったお客様なのね」

「シンディ、あんまり追及しても――」

シンディの隣に座るビビアンが眉根を寄せて彼女の袖を軽く引っ張った。

図書館での一件の後、アリシアと王子様がお似合いだとみんなではしゃいでしまった手前、引け目があるのだろう。

「アリシア、その、殿下の妹君かもしれないし」

ビビアンはそうフォローしたけれど、少なくともカイルとあのお姫様が兄弟じゃないことは分かっている。七年前の夜会で、国王夫妻に付き従っていたのは三人の王子だけだった。彼女も王族ならカイルと共にいたはずだ。

それにあの親しげな様子は、血縁のそれではなかった。

「そういうつもりじゃなかったんだけど……ごめんねアリシア」

「大丈夫、気にしないで」

ようやくビビアンの言わんとすることを理解したらしいシンディが、申し訳なさそうに表情を沈ませる。

アリシアは首を振った。無理やりにでも笑っていないと、不安でどんどん目の前が真っ暗になってしまいそうだ。

テーブルの下で両手を握り合わせ、激しく軋《きし》む心臓の痛みを必死で堪《こら》えた。

だけどもう、次で、カイルと会うのは最後にしよう。


もしかして、他の領地に行く為にハプスグラネダ領を通り抜けただけかもしれない。

そんなほのかな期待をもって父に尋ねたところ、王家の別邸に公爵家の令嬢が訪れていると教えられた。一週間ほど滞在し、隣の領地にある別荘へと向かう予定らしい。

「公爵家のお嬢様だけど、気取った様子のない方だったよ。良ければ一度、ゆっくりとお話をしてみたいとも仰っていた」

「話？　何についての？」

アリシアはどきりとして聞き返した。けれども父は曖昧に首を振ってみせる。

「詳しくは聞かなかったなあ……。でもアリシア、君なら年も変わらないだろうから時間を合わせてみてはどうだろう」

「――うん」

かろうじて小さく頷き、アリシアは自室に戻った。

脳裏に、仲睦まじげな様子の王子様とお姫様の姿が浮かぶ。

七年前に一度見ただけの光景は、昨日の出来事のように未だ色鮮やかなものだった。

(私なんか、どこにも入り込めない)

分かっている。

そう言い聞かせて来たけれど実際は何も分かってはいなかった。いや、分かろうともしなかったのだ。

カイルが王都に戻ってから一か月も経ってない。でも今度はお姫様の方がカイルに会いに来ていた。それほどまでに会いたい気持ちはアリシアにも痛いほどよく分かる。

好きな人には、毎日だって会いたい。でも自分は会えないのに好きな人の傍に自分じゃない女の子がいたら、不安になるのだって当たり前だ。

奪うつもりなんてない。奪えるだなんて思ってない。

だけど、片想いでもいいから、時が来たらちゃんと身を引くから、あなたが傍にいられない時にあなたの婚約者の傍にいさせて欲しい。それはあまりにも虫が良すぎる願いだ。

そうやって自分を甘やかした後で、カイルにお姫様のように扱ってもらえた。せめて夜会までの恋でいいなんて、アリシアが勝手に決めた期限にしか過ぎない。

「王子様はお姫様のところに帰って、二人は一生幸せに暮らしました」

子供の頃に何度も読んだ、大好きな絵本に書かれた一文を思い出して呟く。

だけど、お姫様のところに戻る王子様を見送った少女はどうしたら幸せになれるのだろう。

アリシアは薔薇の図鑑を抱きしめて嗚咽を堪《こら》えることしかできなかった。


そして、表向きは何もない振りをしながら日曜日の朝を迎えた。

本当は今日だって会わずにいた方が良かったのだろう。

だけど今さらカイルに都合が悪くなったと嘘をついて断るのも急だと思ったし、何よりもアリシア自身が最後にもう一度会いたかった。

できる限り普段通りを装って、笑顔だってたくさん浮かべた。

後は、まだ恋に縋りつこうとする諦めの悪い心を殺して別れを告げるだけだ。

でもそれがいちばん難しかった。どうやって切り出せばいいのか、何のビジョンも見えてすらいない。

門の前で馬から降ろしてもらい、決意を未だ固めきれずにいるアリシアに、カイルが遠慮がちに声をかけた。

「アリシア、その……聞きたいことがあるんだけどいいかな」

「聞きたいこと？」

「君がいない時にあの泉に行くのは問題がある？」

泉はハプスグラネダ家の裏手に位置するとは言え、別に私有地というわけではない。

けれどそう言われても気が引けるのか、今となってはアリシア以外が泉に行くことはほとんどなかった。

本来なら誰がいつ足を踏み入れても全く問題のない場所だ。

でもアリシアは二人だけの秘密の場所に侵入されるような気になった。

泉に連れて行きたいなんて、相手はきっと女の子だろう。そしてカイル自らが案内しようと思う女の子は、彼のお姫様に違いない。

「特には、何も。……カイルも知っての通り、静かなだけで何もない場所だけど」

でもアリシアにとっては、初恋の王子様と二人きりで過ごせる特別な場所だ。

問題があるからアリシアのいない時に行ってはだめだと、嘘をつけば良かった。王子様とお姫様の逢瀬を邪魔してしまえば良かった。

そうしたら、少しは溜飲も下がったのかもしれない。でもその代わり、後でひどく惨めな想いを抱くことになる。

「俺も気に入ってる場所だし、そこは多分大丈夫かな」

お姫様を連れて行った時のことを想像したのか、わずかな間をおいてカイルは幸せそうな顔で言った。アリシアは、そんな彼にぎこちない笑みを返すしかできない。

——最初から、王子様にはお姫様がいると知っていた。

そんなこと最初から分かっていた、けれど。

〝その日〟が来るのは、まだ先の話だと思っていた。

最後の素敵な思い出に王子様とダンスを踊って、それから魔法は解けてなくなるものだと思い込んでいた。

でも、それも今日で消えてしまう。

私以外の女の子に触れないで。

笑いかけないで。

話しかけないで。

私以外の女の子を、見ないで。

(彼女に嫉妬なんて、できる立場でも何でもないのに)

心の奥底に渦巻いたどす黒い感情が全身へと広がって行くのを感じる。ずっと不安に思っていたことが現実に起こりかけていて足元が揺らいだ。

他の女の子を見て欲しくない。けれど今のアリシアの姿はもっと見て欲しくなかった。きっと嫉妬を隠し切れず、ひどい顔をしている。

ただ王子様に恋をしただけだ。

でも、あの王子様に恋をしてはいけなかった。

無理に決まっている。

お姫様が、婚約者がいてもそれでいいだなんて、嘘に決まっている。

独り占めしたくてされたくて、だけどそれがいちばん無理な願いだと分かっていても、心のどこかではまだ淡い期待を持ち続けている。

だけど、何度も期待しては裏切られる一人遊びにも、もう疲れてしまった。

「アリシア、また」

「……もう殿下とは、お会いしません」

「アリシア……？」

わざと感情を殺した声で殿下と呼び、敬語で告げた。

何かを伝えようとしていたカイルの目が大きく見開かれる。

泣きたいのはアリシアの方なのに、どうしてカイルがそんな表情をするのだろう。

今まで一度も誘いを断ることがなかった従順な田舎娘が突然、反抗的な態度を取ったから信じられない思いでいるのか。

「急に、どうして？」

「急じゃないです。ずっと、会いたくないって思ってました。会いに来られても、迷惑なんです」

そんなこと思ったこともない。

けれど心の奥底に溜まった痛くて苦しいものを吐き出す代わりに口をついて出た。でも、こうするしか思いつかなかった。だからこの嘘だけは最後までつき通さなくてはいけない。

「俺がアリシアを傷つけるようなことをした？　そうしたなら謝るよ。俺に言いたいことがあるなら、何でもいいから言って欲しい」

――どうして七年前に王城で会っていることを忘れてしまったの？

思わずそう言いかけて口を噤《つぐ》む。

あの思い出が大切なものであるのは、王子様に会ったアリシアだけだ。カイルにしてみたら名前も知らない、ただの少女との出会いが記憶に残るはずがない。カイルを責めるのはお門違いだ。

いつまでも七年も前の思い出に浸って囚われ続けているのはアリシア一人だけだと、何度言い聞かせたら心は理解するのだろう。

「理由を聞かせて。それが納得できない理由なら、君の要望でも受け入れられない」

「理由なら先程お話し致しました」

「そうじゃなくて……！」

焦れたようにカイルが声を荒げる。アリシアはたまらずに顔を背けた。

カイルは左手で自分の口元を覆うと、深く息を吐き出す。

「ずっと楽しそうに笑っていてくれたのに、もう会いたくないって言われても納得できないよ」

「じゃあ殿下も、全てを打ち明けて下さいますか」

アリシアは最後の希望に顔を上げた。

話して欲しいと思っていることをお互いに打ち明けられたら、恋が成就しなくてもアリシアは歩いて行ける。

けれど、今度はカイルが何かを堪《こら》えるような表情で顔を背けた。

「もう少しだけ……夜会まで、待っていて欲しい。君を傷つけることは絶対にしないって約束する。だから俺を信じて欲しい」

——ほら、やっぱりそうでしょう？

もう一人の自分が諦めに満ちた悲しげな声で、だけどどこか知った風な顔をしてアリシアの心にそっと囁きかける。

——殿下がアリシアに伝えたいことなんて何もないのよ。

「分かり、ました。肝心なことは何も……仰っては、下さらないのですね」

ともすれば震えそうになる声を懸命に取り繕い、振り絞った。

教えて欲しいと言っても何も話してくれないのにアリシアをどうしようと、どうしたいと言うのだろう。カイルに婚約者がいると知ってもなお、熱に浮かされた状態を保って駆け引きごっこの相手を続けろとでも言いたいのだろうか。

……そんなの、あまりにもバカにしている。

泣くまいと決めていたのに堪《こら》えられず、涙が頬を伝った。

「あなたなんかきらい、大っきらい……」

違う。

そんなことを、言いたいんじゃないのに。

でも苦しくて息が詰まってしまいそう。いっそ本当に、好きという気持ちだけで詰まってしまえばいいのに。

一人で報われない想いを大切にしていた愚かなアリシアなんか、このままどこかに消え去ってしまえばいい。

「アリシア……。どうか泣かないで。俺の、」

「さわらないで！」

おそらくは涙を拭ってくれようとしたのだろう。伸ばされた右手をアリシアは振り払った。何度も優しく繋がれていた手が、ぱしん、と乾いた音を立てる。

拒絶した手が痛い、心はもっともっと痛かった。

アリシアは溢れる涙を拭うこともなく、門を開けると中へ滑り込んだ。すぐさま閉め、内側の閂《かんぬき》を引き下ろす。その瞬間、カイルと自分との間にも頑丈な扉が閉ざされて、鍵がかけられたような気がした。

扉を閉ざしたのも、鍵をかけたのも自分だ。なのにこの世が終わってしまうかのように胸が痛い。

アリシアは唇を噛みしめ、そして次には精一杯微笑んだ。

「さようなら、王子様」

涙で声が詰まってしまう前に別れを告げる。

罰が当たったのだ。

身分不相応な夢を見て、溺れてしまったから。

全てを断ち切るように背中を向け、家へと走る。

「アリシア待って、君からそんな言葉が聞きたいんじゃない」

――俺がお前の王子様になりたかったけど、なれないものはしょうがないよな。

ハンスに言われた言葉が、ふいに脳裏をよぎった。

今のアリシアも同じだ。

カイルのお姫様になりたかった。

だけど、なれなくて、けれどハンスのようになれなかったことをしょうがないなんて到底言えそうもない。

いつかはしょうがないと割り切らなくてはいけないことは分かっている。

でも、それは先延ばしにしたかった。


一人きりでたくさん泣けば、表向きは何も変わらない日常を過ごすことはできるものらしい。

おそらく家族やハンスはアリシアの内側に起こった些細な変化に、ムリをして笑っていることに気がついていると思う。

それでも、もし今ハンスにカイルと何かあったのかと尋ねられても、アリシアはやはり何もないと首を振るのだ。

だって本当に、何もない。

一つの願望が、恋という形を結ぶ前に消えてしまった。それだけのことだ。


朝は良く晴れていたのに昼過ぎから天気は崩れはじめ、ビビアンの家を出てしばらく歩くと雨がぽつぽつと降り出して来た。

アリシアはカバンで頭を覆い、足早に家路を急ぐ。

門の前にカイルがいた。

雨が降る前に家を出て来たのか傘を持たず、カイルもまた雨に打たれている。眩いほどの柔らかな金髪が雨で額に張りつき、捨てられた犬のように頼りない雰囲気だった。

「……どうして、こちらに」

知らない振りをして前を素通りするわけにも行かないだろう。アリシアが固い声で話しかければ、カイルはどこかほっとしたような表情を見せた。

「アリシアと話をしたくて待ってたんだ。木曜なら、出掛けて帰って来た君と確実に会えるって分かっていたから」

なるほど確かに、アリシアは家にいたとしてもカイルが訪ねて来たら居留守を使ってでも、頑なに会おうとはしなかっただろう。そうすると待ち伏せ自体は効果的な手段だと言えた。

でもアリシアには、話したいことなんて何もない。

それにお姫様がまだ滞在しているはずだ。彼女を放っておいていいのだろうか。

だけど、お姫様と過ごす時間よりアリシアに会うことをカイルは選んだ。そのことに仄暗い喜びさえ覚えてしまう。そして、さらなる自己嫌悪に心が沈んだ。

「アリシア、お願いだから……俺の話を聞いて欲しい」

「夜会の日まで、何もお話しできないのではなかったのですか」

自分だけが雨を避けているのも気が引け、アリシアはカバンを下ろした。

カイルの顔を見たらきっと期待して、縋りつきたくなってしまう。一切の視線をカイルへ向けようともせず、唇を噛んで俯いた。

「こっちを……俺の顔をちゃんと見て、アリシア」

おそらくはアリシアの肩を抱いて視線を合わせる為だろうか。伸ばされたカイルの手が視界の隅に映る。

アリシアは咄嗟に後退《あとずさ》り、できる限り平静を装って口を開いた。

「お戯れはどうぞ、もうおしまいになさって下さい。私は王都に住まわれるような、貴族の社交に慣れ親しんだご令嬢方とは違います。これ以上の殿下の火遊びにはお付き合いできません」

カイルに言っているはずがアリシアの心を容赦なく抉る。

どうして自分の心が切り裂かれるようなことを自分で言わなくてはならないのだろう。そこまで罪深い夢を見ていたのかと、逆に笑いすら込み上げそうだった。

「戯れとか火遊びとか、俺が今までアリシアに言って来たこと全てが、ふざけて言ったものだと思ってるってこと?」

強がりの感情すら一瞬で消えた。

カイルは確認の為に言ったのかもしれない。だけどカイルの口から聞けば、それを事実として肯定されたかのような気になってしまう。

「婚約者のご令嬢がいらっしゃるのを黙って、他の令嬢をその気にさせるお遊びは楽しいことかとお察し致します。ましてやそれが田舎貴族の娘とあらば、駆け引きに不慣れで一挙手一投足に踊らされる姿はさぞや退屈な田舎暮らしを送られる殿下のお心をお慰めしたことでしょう」

無様な自分を嘲笑う言葉を紡ぐ度にアリシアの心は凍えて行った。

踊らされたとか、それでも本当にカイルを好きになったと告白しているようなものだ。どうして好きだと思っているのを、こんな分かりにくく、みっともない形で言わなければいけないのだろうか。

アリシアの想いは綺麗なまま伝えることすら許されない。

「アリシアは、俺が君に言ったことは全て口先だけの嘘だと思ってるの？」

ぷつん、と、アリシアの中心で限界まで擦り減った何かが切れる音がした。柔らかな部分が壊れて、あとは作り物の残骸と、作り物ですらない虚構が打ち捨てられて、うず高く積もるだけになる。

思わず唇の端に笑みが浮かんだ。

儚げな花がほころぶような、危うさを秘めた美しさだった。

降りしきる雨の音にかき消されてしまうこともなく、カイルが息を飲んだ音がやけに大きく聞こえる。

場違いな笑顔のまま、アリシアは首を傾げた。

「カイルの言うことって、何？」

アリシア自身ですら聞いたことのない酷薄な声で問う。

七年前に出会っていることを覚えていてくれなかった王子様は、王都にお姫様のような婚約者がいることを言わず、ハプスグラネダ領に来ている理由を教えてくれず、アリシアを好きか嫌いかも言ってくれない。

なのに、自分のことを知って欲しいと言う。

アリシアに、何も話してはくれないのに。

「カイルが私に、何を言ってくれたの？」

〝いちばん綺麗な星〟の正体もハプスグラネダ領に来てまで欲しいと願う宝物のことも、カイルは肝心なことは何も話してくれていない。

それらはどれもこれもアリシアに言う必要がないことなのだろう。

だけど、アリシアはそれを言って欲しかった。全てじゃなくてもいい。どれか一つでも言ってくれていたら良かったのだ。

激しさを増す雨よりもずっと冷たい現実をいくつも叩きつけられ、アリシアは今にも押し潰されそうになる。

「アリシア、それは……」

「今さらあなたから聞きたいことなんか何もありません」

感情をできるだけ抑えつけてカイルを見上げた。

顔を見れば愛しさが込み上げて来る。

決して自分のものにはならない愛しい人。

この期に及んでもまだ好きで、大好きで、いっそ憎らしい。

「帰って下さい。雨に打たれ続けたことが原因で体調を崩された時に、私のせいにされるのは困ります」

こう言えばカイルはアリシアに責任を負わせないようにこの場は引くだろう。

優しい王子様だから。だからアリシアも好きになったのだ。

「……また、必ず来るよ」

ひどく傷ついたような力のない声で告げ、静かに背中を向けるカイルを見送ったアリシアは、その姿が見えなくなると糸が切れた操り人形のように蹲った。

いつだってアリシアに優しく、そして残酷な王子様。

だけどもう会えない。


体調を崩したのはアリシアだった。

精神的に弱り切っていたところを雨に打たれたことが原因で、高熱にうなされる日々が続いていた。

熱でぬるくなったタオルが新しいものと取り替えられたらしい。

冷ややかな温度を額に感じ、その心地良さから無意識に唇の端が緩むのが自分でも分かった。

目を開ける気にはなれないし、小刻みに荒く吐き出される息も灼けつきそうなほど熱い。そんな中でタオルの冷たさだけがその温度に反して優しくアリシアを包み込む。

「おに……ちゃ……？」

子供の頃、兄が良く看病してくれたことを思い出した。だからきっと、今もそうなのだろう。最後は問いかけるような口調にはなったけれど、漠然とそう思った。

少しの沈黙の後、唇にそっと誰かの指先が触れる。無理して喋らなくてもいいということだろう。

唇に触れた指も冷たくて、この指の持ち主がタオルを冷たい水で絞って取り替えてくれたのだと分かる。

優しい手に甘えるように無意識に頬を擦り寄せた。

指先が一瞬強張るのが伝わって来る。汗ばむ肌をこすりつけられるのは、さすがに迷惑だったのかもしれない。

アリシアはタオルの下で眉根を寄せ、ゆっくりと離れた。けれど迷惑がったとばかり思っていた指はアリシアの頬を追った。汗でしっとりと濡れた肌をも厭わずに幾度も指先でなぞるように撫でる。

それからしばらくの間、おそらくは兄と思しき手は汗で濡れたアリシアの顔や首筋を丁寧に拭いてはまめにタオルを取り替えてくれた。

「ありが、と……」

どうしてもお礼を言いたかった。振り絞った声は熱い息に埋もれていたが、相手に聞こえるくらいの大きさはあったようだ。

「どういたしまして、俺の可愛いアリシア」

愛おしげな声で返って来た言葉を聞き届けるのを最後に、アリシアの意識は深い眠りへ落ちて行った。

アリシアの体調が元通りになったのは、あの雨の日から二週間も経ってからのことだ。

熱自体は一週間ほどで平熱まで下がったのだが、その後も体力も気力も失いすぎて起き上がることができなかったのである。

熱を出してからの経緯は、意識を戻した時に傍にいてくれた母から聞いた。

雨足が強くなっても帰って来る気配のないアリシアを心配して、傘を持って迎えに行こうとした兄が門のすぐ外に倒れている状態で見つけたらしい。医者の話では発見があと五分遅かったら生命が危なかったのだそうだ。

「ずっと熱を出してたんだし、無理はしなくていいのよ」

「ありがとうお母さん。でも身体を動かしたいの」

「そう……」

さすがに少し痩せたアリシアを見て、もうしばらく休むように母は言ってくれたが、二週間も家の仕事を手伝えなかったうえに看病までさせてしまったのが心苦しい。それに、いつまでも寝ているのも逆に疲れて来ていた。

何かあったらすぐさま近くにいる家族に言って休むことを約束して、とりあえず着替える為にベッドから出る。

二週間振りに立ち上がった為か足に力が上手く入らない。ふらつく身体を母に支えてもらい、ゆっくりとクローゼットへと向かって歩いた。

こうして、カイルとのことも家族や友人にさりげなく支えてもらいながら、緩やかに忘れて行くのだろう。

昼過ぎには階下へ降り、面倒を見てくれたお礼を改めて言うと兄はどうにも、歯切れの悪い反応をした。恩着せがましい態度が苦手な兄らしいと、見慣れた反応なのに懐かしく思った。

アリシアが夜会に着て行くドレスが完成したと母が嬉しそうに持って来たのは、夜会を三日後に控えた夜だった。

まるでプレゼントのように白い箱に入れられ……金色に青い縁取りが入ったリボンが結ばれている。

金と青。

その二色の組み合わせはどうしたってカイルのことを思い起こさせ、アリシアの心を締めつけた。

「サイズはしっかりと計ったから大丈夫だと思うけど、とりあえず試着してみて」

楽しそうな母とは対照的にアリシアの心は沈むばかりだ。

今となっては夜会になんて行きたくない。

けれど母が作ってくれたドレスを無駄にすることもできそうになく、アリシアは気が進まないまま箱を開けた。

「どうして……？」

反射的に言葉がこぼれる。

出て来たのは、見覚えのあるデザインのドレスだった。

淡く明るめの緑色に染められた、なめらかなシルクの生地。肩口から二の腕とスカートの裾をふんわりと膨らませたシルエット。レースを使ったバラのコサージュ。

ずっと大切にしまい続けている記憶の中にあるそれと違うのは胸元が少し大きく開いていることと、腰回りをキュッと絞られていること、全体的にレースで飾られた割合が増えたことだろうか。

それでも忘れようのない、アリシアが生まれて初めて着たドレスを大人っぽいデザインに作り替えたものがそこにあった。

「六月に開く夜会の話をしにいらした時にカイル殿下が、アリシアは七年前に着ていたドレスが良いって仰ったのよ」

「えっ？」

アリシアはぽかんとして母の顔を見つめた。

カイルはあの時のドレスのデザインなんて知らないはずだ。それが、どうして。

しばらくして、納得する。

似たようなドレスを作りたい場合に、元のデザインそのものを知っている必要は別にないのだ。それを実際に目にしていなくても、過去に同じようなドレスがあったということだけを知っていればいい。希望を伝えたら、あとはアリシアの母が作ってくれる。

だけど何故、今になってアリシアにあのドレスと同じものを着せようとするのか。

カイルが何を考えているのかまるで分からない。でも言ってもらえないのだから当たり前だ。

黙っていても通じ合えるような信用も信頼も築けてはいなかった。

「アリシア、少しいいかな」

ドレスを胸に当てたまま動けないでいるとドアがノックされた。

大丈夫だと返事をすれば、妹であっても年頃の少女の部屋へは入るのは気後れするようで、兄が遠慮がちに姿を見せる。

「懐かしいドレスだね」

兄はドレスを見て微笑んだ。

やはり、七年前を知っていれば一目で分かるくらい似ているのだ。

「……カイル殿下のご希望のデザインだって」

「そう。アリシアに良く似合っていてお姫様みたいに可愛かったたし、殿下にも印象深いんだね」

兄もおかしなことを言う。

カイルがあのドレスを知っているはずが……覚えているはずがないのだ。

それなのに、母も兄もカイルが知っているような口振りではないか。

だけど、そんなはずがない。

ハプスグラネダ領でアリシアと会ったカイルは――確かに「初めまして」と、そう言ったのだ。

彼の記憶の中に、緑色のドレスを着た十一歳のアリシアはどこにもいない。

「あとね、カイル殿下から素敵なアクセサリーもお預かりしているのよ」

さらに怪訝そうな顔になるアリシアとは対照的に、母はますます嬉しそうな様子で声を弾ませて
今度は白い小箱を差し出した。

ドレスの箱と同じく金色に青い縁取りのリボンが結ばれた箱を開け、アリシアは呼吸すら一瞬忘

れてしまう。

箱の中には揃いのデザインをした、プラチナ製と思しき髪飾りとネックレスが入っていた。

以前もらった髪飾りより一段と繊細に作られた苺の花弁がティアラのように大小合わせて計七個並び、その下には両側から細い鎖で支えられた一粒の丸いピンクパールが揺れている。

そして、ピンクパールはただぶら下がっているわけではなかった。

「まあ可愛い、ピンクパールに猫ちゃんのお耳がついてるみたいね」

のぞきこんだ母が両手を合わせ、自分への贈り物であるかのように嬉しそうに笑う。

そう、一見すると、ピンクパールがついているだけだ。しかしよく見ると、パールを支える台座の上部分から二か所、猫の耳のように三角形の小さな突起が伸びていた。

ドレスと、猫。

七年前のカイルとアリシアを繋ぐ数少ないものがそこにあった。

(でもどうして。私のことなんて覚えてないって、ずっとそういう態度だったじゃない)

ネックレスも苺の花の数こそ一つだったけれど、大ぶりな花の下に、やはり耳のついたピンクパールが飾られていた。

お揃いに仕立てているのだ。

偶然の出来事じゃない。

意図して苺の花と猫のデザインにしてある。

「アリシア、言わないことと言わせないことは、似ているようで全然違うと思うよ」

優しい声で話しかけられ、アリシアは兄を見つめた。

「確かにカイル王子はアリシアに何も言わなかったかもしれないね。でも今はアリシアが聞きたくなくてカイル王子に何も言わせないようにしてないかな」

心臓が鷲掴みにされたようだった。

何か言おうとしたカイルを、聞きたくないと拒絶したのはアリシアだ。

何も言ってくれないことをずっと不満に思っていたのに、いざ言われそうになったら怖くて逃げた。

アリシアが何も言わせなかった。

兄の言うことは間違ってない。

だけど今さら、どんな顔をして会えばいいのだろう。

カイルには本当のお姫様がいる。

「アリシアが自分の目で見て、自分の耳で聞いて、そう判断したならそれでいいと思うよ。まだ冷えるのにわざわざ早起きをしてまで、アリシアの手伝いを何度もするような王子様が不誠実な男性に見えるならね。でも、そうじゃないことは殿下と接したアリシア自身がいちばんよく分かっているだろう？」

「それはだって、どう見たってお姫様と親しそうにしてて、お似合いで」

「怖いかもしれないけれど僕が一緒にいてあげるから、今度の夜会でカイル王子と少し話をしてみるといい」

自分でも言い訳だと分かる言葉を並べ立て、アリシアは沈んだ表情で項垂れた。

するとジェームズに優しく肩を叩かれる。

反射的に顔を上げればアリシアを安心させるよう、微笑みかけながら深く頷く兄と目が合った。

□　□　□

「アリシア！」

兄にエスコートされて沈んだ気分のままホールに足を踏み入れると、少し離れた場所で賓客相手に挨拶をしていたらしいカイルが話を切り上げて駆け寄って来た。

視界の隅に白いマントが揺れる。

こんな状況でも、優しい王子様は約束を守ってくれたのだ。

「今日は来てくれてありがとう。ドレスも、とても良く似合ってて綺麗だね」

「……本日はお招き下さってありがとうございます」

カイルを一瞥したのみで形式的に礼をする。

帰りたい。

この場にはきっとカイルの婚約者だという令嬢もいるのだろう。

仲睦まじそうに寄り添う、本当の王子様とお姫様の姿を見るには今はまだ傷が深すぎる。

「アリシア、カイル殿下にその態度は失礼だよ」

見かねた兄に咎められても顔は上げられなかった。アリシアの代わりに非礼を詫びた兄に、気にしなくていいとカイルが答える。

そんな最低限の礼儀すら取れない自分に嫌気が差したが、どうすることもできない。そして自己嫌悪のループに陥るのだった。

やはり、帰った方がいい。カイルの顔を見たってつらくなるだけだ。

「大変申し訳ありません。やっぱり気分が優れないようですので帰……」

「後でゆっくり話そう。だからどうかそれまでは待っていて」

言葉の途中でカイルに遮られた。

アリシアの方から話したいことなんて何もない。カイルだって、何を話そうと言うのだろうか。

婚約者がいるのに思わせぶりな態度を取り続けて来たことの謝罪？

それとも、もう婚約者が来たからアリシアに会うことはないということだろうか。

涙がこぼれ落ちそうになるのを堪《こら》え、アリシアは何も言わずにホールの奥へと向かった。


顔を上げているといつ、カイルの姿を見るか分からない。兄と一緒にソファーに腰を下ろしてぼんやりしていると頭上に影が差した。

「アリシア」

視線を向けずとも声だけで分かる。それ以前に視線を重ねることに怯えたままのアリシアは、そのままじっとしているしかできない。

「まだ帰らないでいてくれて良かった」

カイルはアリシアの前に片膝をつくと、その右手を壊れ物のように優しく取った。それから繊細な白いレースの手袋に包まれた手の甲に恭《うやうや》しく口づけを落とす。

いつだってそうだ。カイルはアリシアを大切に扱ってくれる。そうしてアリシアは自分がお姫様になったかのように、カイルだけのお姫様になれたかのように一人で錯覚してしまうのだ。

「庭園の神木から現れた可愛らしい妖精の姫君。どうかこの、あなたに恋焦がれてやまない一人の男を哀れんで、今宵は共に踊っていただけませんか」

泉のほとりでダンスの練習をする時、当日はもっとちゃんとした言葉で誘ってくれると言っていた。

誘ってもらえて嬉しいはずなのに乾き切ってしまった心にはまるで響かない。

それどころか、相手に対して可愛らしい妖精だとか恋焦がれるとか、心にもないことを言わないとダンスさえ誘えないなんて、貴族の世界も華やかに見えて意外と大変なのだと遠い場所のように思った。

「……そうやって、他の女の子も誘ったりしてるの?」

「アリシア、何言って……」

アリシアはまた泣きそうな顔をする。

カイルの手に力がこもった。怒っている気配が伝わって来るが、アリシアの知ったことではない。

断りの言葉を考えていると手首を掴まれ強引に引き上げられた。

痛みに小さな悲鳴を上げると一瞬カイルの顔がしかめられる。しかし次の瞬間には横抱きの状態に抱きかかえられていた。

ホール内の視線が一斉に集まるのを感じる。

隣にいたジェームズも、突然の展開に二人を見上げるだけだ。

助けてと目で訴えかけてみるも、この場で唯一の味方であるはずの兄は困ったような表情を浮かべるばかりで、とても頼りになりそうにない。

「お兄ちゃ……」

「俺と一緒に来て、アリシア。ダンスよりも先に話をしよう」

カイルは気にした様子もなく、兄にアリシアを少し借りると言いおいてそのまま手近なバルコニーへ出た。

先客が誰もいないことを確認して、中庭を鑑賞できるように置かれた白い長椅子にアリシアを座らせる。カイル自身はアリシアの前に再び片膝をついた。

「アリシア、泣いててもいい。お願いだから俺をちゃんと見て、話を最後まで聞いて」

そう言ったカイルの声こそが泣いているようだった。反射的に顔を上げれば俯けないように両頬にカイルの手が添えられた。

久し振りに見るカイルの顔はどこか王子様っぽくはない。何故だろうと考えて、優しげな笑みを浮かべていても真っすぐな瞳の強さが今は欠片も見当たらないのだと思い至った。

そういえばディアスが言っていたではないか。

カイルがずっと落ち込んでいる、と。

でも泣きたいのはカイルの方だ。どんなにカイルのことを好きになったって、カイルはアリシアの王子様じゃない。アリシアだけの王子様にはなってくれない。

我慢しきれなくなって溢れた涙が頬を伝うとカイルの表情が歪んだ。

「……ごめん、やっぱり泣かないで」

勝手なことを言う。

アリシアは何も言えず、ただはらはらと冷たい雫をこぼし続けた。

「お願いだから、どうかもう泣かないで、俺の可愛いお姫様。君が俺にまた笑ってくれるのなら何だってする。だから声を聞かせて」

カイルは親指でアリシアの頬を濡らす涙を拭う。淡い月明りに照らされたカイルの金色の髪と青い目がとても綺麗で、やっぱり彼は違う世界の人なのだと思い知らされるようだった。

そして額に、目尻に、頬に、カイルの唇がそっと触れた。

優しくされればされるほど心が痛くなる。

どうせお姫様の元に帰ってしまうのに、こんなのってあんまりだ。

「……もう、放っておいて」

精一杯の勇気を振り絞って言えば、途端にカイルの表情が曇る。

「ごめん、それは無理」

そう言ってアリシアの身体を強く抱き寄せた。

「好きだから放っておけないし、俺が放っておきたくない。君に会えないのも、離れているのも苦しい」

カイルはまだ、甘い毒をアリシアに飲ませようとするのか。それに浸食されてしまう前に離れようとするアリシアをカイルは許さなかった。

髪を結い上げている為に剥き出しのアリシアの細い首筋に顔を寄せ、その耳元に直接、禁断の毒をゆっくりと注ぎ込む。

「好きだよ。七年前に初めて庭園で会った時からずっと、一目惚れだった。好きで好きでしょうがなかった」

アリシアは目を見開いた。

七年前の、庭園？

一度好きだと口にしたカイルは、それで箍《たが》が外れたのか止まらなかった。自分の身体に溶け込ませるかのように、強張るアリシアを強く掻き抱く。

「七年間、ずっと君のことを考えていた。毎日毎日、また君に会いたいと思っていた。理由も分からずにきついことを言って傷つけたことを謝りたくて、ジェームズと笑い合っているのを見て俺にも同じように笑顔を向けて欲しかった。ようやく会いに行くことを許されたから、君だけに会いたくてここに来たんだ」

「じゃあどうして、初めましてなんて……」

本当は覚えていてくれた嬉しさより、わざと忘れた振りをされた寂しさが勝って、カイルを責めるように語気が荒くなった。

でも、仕方がないだろう。

カイルに覚えてもらえているはずがないと頭では分かっていても、事実として受け入れるのは心が辛かった。

もちろん、それがカイルの中で良い思い出であるとは限らない。だけど忘れられてしまうよりはその方がまだマシだと思えた。

「あんな初対面だったし、好かれようがないのは分かってた。だから、そこから新しく思い出を積み重ねて、俺のことを好きになってもらおうと思った。もちろん後でちゃんと言うつもりだったよ。本当は君を忘れたことなんてなかったって」

「最初に、そう言ってて、くれ、て、たら……っ。わ、私だっ、てっ、ずっとっ、ずっと……っ」

自分の選択ミスを悔やんでいるようなカイルの表情に嗚咽が止まらなくなる。

最初から諦めて勇気を出せずにいたアリシアにカイルを責める資格はない。それでも言わずにはいられなかった。

「うん。ごめんね。俺のことをずっと覚えていてくれてありがとう」

カイルは額同士を合わせ、まだ涙で濡れたアリシアの目をのぞきこんだ。

「ずっと好きで、一緒に過ごしてもっと好きになった。俺の……俺だけの可愛いお姫様」

まぶたにそっとカイルの唇が触れる。

アリシアは目を閉じた。

最後に頬を伝った涙が、膝の上で固く握られた手を覆うシルクの手袋にぽたりと落ちて弾け飛ぶ。

離れたくなくて背中に手を回せば、よりいっそうときつく抱きしめ返されて涙がまた溢れそうになった。それ以上に、込み上げて来る気持ちを抑えることができない。

「好きだよ。君のことだけが、今までもこれからも、ずっと好きだ」

「……私、も、好き。ずっとカイルが好きなの、大好き……っ」

もう逃げるのは終わりにしよう。ずっと一人で抱えて来た必死で気持ちを伝える。

お姫様になんかなれるわけがない。そう思っていた。

でも、そんなアリシアにかかるはずのない魔法をかけてくれたカイルは、やはり王子様なのだろう。

王子様の腕の中で、そう思った。


それから、カイルと並んで長椅子に座ってたくさんのことを話した。

猫を助けてくれたことも知っていること。ディアスがカイル付きになったのは七年前にアリシアと接していたのが大きな理由だったこと。

――お姫様のこと。

「君がずっと気にしてる令嬢とは確かに婚約者の関係にあったんだけどね。だけど、互いに好きな人がどうしても諦められなくてすぐに解消してる。婚約者の肩書があったのも一ヵ月に満たないくらいだと思う」

「……うん」

彼女が夜会に先駆けてハプスグラネダ領に来た理由は聞かなかった。

もちろん気にならないと言えば嘘になる。けれどカイルが言わないということは彼女自身の考えによるものなのだろう。ならば、本人の了承も得ずに聞き出してはいけないような気がした。

「泉に、君がいない時に行ってもいいかって話も、俺が君以外の誰かと行きたいわけじゃなくて——彼女と話す機会があったら直接聞いて欲しい」

「うん」

説明を投げたカイルにアリシアの唇が綻ぶ。

でも多分、おぼろげながらも理解できたように思う。

王子様との婚約を解消してまで想いを貫きたい相手のいるお姫様を、あの泉に連れて行きたかったのだ。

カイルではなく、彼女にとっての王子様が。

カイルのマントに包《くる》まりながら話をじっと聞いていたアリシアは、もう疑わなかった。

降りしきる雨の中、アリシアと向き合おうとしてくれた。

七年前に王城で会っていることを本当は覚えていると、ずっと好きだと面と向かってはっきり言ってくれた。

忘れた振りをされていても許してしまえるいちばんの理由はやっぱりそれだ。だけど、いちばん欲しかった言葉なのだからどうしようもなかった。

「……でも、どうして？」

「なにが？」

アリシアが尋ねるとカイルは首を傾げた。

主語も何もないのだから当然だ。アリシアは今度はしっかりと疑問を明確にして問いかける。

「私のことを、どうして七年も想っていてくれたの？」

あんなに、機嫌が悪そうだったのに。

するとカイルは柔らかな笑みを浮かべ、アリシアの肩をさらに抱き寄せた。

「さっきも言ったけど、きっかけは一目惚れだったんだよ。でも、飼っていた仔猫がいなくなって探してたのと……可愛い女の子のドレスのスカートが何故か破れてるのを見て、どうやって接したら良いのか分からなくなって。今なら多少は大人になったし、あの時よりはまともな対応ができると思うけどね」

アリシアは自分の頬が熱を帯びるのが分かった。あまりにも自然でさらりとした発言だったけれど、可愛い女の子だと、そう言ってくれた。

アリシアの反応に、カイルはますます笑みを深める。

「兄の成人祝いで神木の妖精が姿を見せたのかもって、あの時の君を見て本当にそう思ったんだよ」

「……思い出を美化しすぎよ」

恥ずかしくて、アリシアはつんと顔を背けた。可愛げのない態度に、けれどカイルは気分を害した様子もなくアリシアのこめかみに口づけを一つ落とす。

「そんなことはないと思うけど。でもそれを言うなら、君だってそうだ」

だけど、とカイルは言葉を続けた。

「ジェームズ相手に笑っているのを上から見かけて、あの笑顔を俺にも向けてくれたらって思った。そうしたら、きっと幸せな気持ちになれるのにって思いながら、気がついたら何度も目で追っていた。あの時は席を外すことはできなかったけれど、次の日になったら話しかけに行くつもりでいたんだ」

カイルもアリシアを見ていたなんて全然気がつかなかった。

もしも一度でも目が合っていれば違ったのだろうか。ああだけど、あの時のアリシアならカイルがこちらに顔を向けるのを見ただけで目を逸らしていた気がする。

「でもまさか、翌朝すぐに領地へ帰ってしまうだなんて思わなかった。そこから七年も会えなくなるなんて分かっていたら、何が何でもあの夜声をかけていたのにと何度も後悔した」

肩を抱くカイルの手にわずかな力がこめられた。

それが離したくないと思っていることからの無意識の行動なら、とても嬉しい。もう逃げないと、アリシアはその肩口に身体を預けた。

「手紙を出さないのかとディアスに言われたよ。王家が開く夜会に、俺の名前で招待状を送ればいい。そうも言われた。でも、返事がなかったらと思うと怖くて出せなかった。あの日の俺は、君にとってとても嫌な奴に見えていただろうから」

「私、も」

アリシアはおずおずと口を開く。

「お姫様みたいにとても綺麗な女の子相手に笑ってるのを見て、心の底から羨ましかった。私がお姫様だったら、あの王子様は私にも同じように笑いかけてくれるのかしらって、ずっと思ってた」

「七年間ずっと、君だけが俺のお姫様だったよ」

「……うん、ありがとう。嬉しい」

「図書館で君も俺が好きだって言ってくれたから、頰が緩みそうになるのをいつも我慢してた」

アリシアは驚きに目を見開いた。

思い当たるシチュエーションは一つしかない。アリシアがうたた寝をしてしまった日だ。

同時に頰が熱を帯びて来る。

――だって、あれは。

「あれは、夢じゃなかったの？」

「夢じゃないよ」

預けた身を起こして尋ねると、いともたやすく否定されてしまった。アリシアは言葉を失い、ただカイルを見つめる。

夢じゃなかった。

本当に、好きだと囁かれていた。

だけど、それなら。

「でも、私が変なこと言わなかった？　って聞いたら言ってないって」

「俺のことが好きっていうのは、変なこと？」

「違う、けど、でも」

一気に身体から力が抜けそうだった。

もうとっくに、両想いでいたなんて信じられない。それならそれで、どうしてカイルはその後何も言ってくれなかったのだろう。

「ちゃんと言ってくれたら私、本当に……」

「今日、一緒にダンスを踊った後でちゃんと伝えようと思ってたんだ。七年前に初めて見た時と同じドレスを着た可愛らしいお姫様に、完璧な王子様として想いを伝えたかった。図書館は、あんまりにも君が無防備で可愛かったから俺もつい口走ってしまったけど」

そこでカイルは一旦口を閉ざし、苦笑を浮かべた。

「ディアスにも、格好をつけすぎだって何度も怒られたよ」

「本当に、ディアスさんの言う通りよ。――ばか。そんなことしなくたって、私にはカイルだけがずっと完璧な王子様だったのに」

せっかく止まった涙が再び潤んで来る。頬を伝う前にカイルの指を濡らし、そこで堰き止められた。

「ごめんね。君の気持ちも全く考えないで、王子様失格だね。でも俺にとっても君だけがずっと可愛いお姫様だったんだよ。その事実だけは分かって欲しい」

「……ずるい」

「ずるいから七年もかけてやっと捕まえた君を離したくなくて、今はとても必死なんだ」

本当に、いつだってずるい王子様だ。

王子様なのにずるくて、王子様なのに早起きして苺の栽培を手伝ってくれる。

それなのにやっぱり、アリシアにとっては誰よりも格好いい王子様だった。

額と額を合わせ、どちらからでもなく笑う。

「〝王都では見られないいちばん綺麗な星〟も〝ハプスグラネダ伯爵夫妻にとって大切な宝物〟も、どっちも君のことだってちゃんと伝わってると思ってた」

青い空のようなカイルの目に自分だけが映っていることは、何度だってアリシアの胸を高鳴らせる。染まる頬は隠しようがないけれど、それでもわずかに視線を外した。

「そんな風に思われてたなんて夢にも思ってもみなかったから」

「俺も、怯えさせてしまっただけだとばかり思ってた君が、あれからずっと俺を好きでいてくれてたなんて思ってもみなかったから……同じだね」

「……うん」

カイルは両手でアリシアの頬を包み込んだ。

人差し指でアリシアの目元に触れるから、反射的にまぶたを閉じる。

似たような場面を以前、本で読んだことがあった。

物語の中では――王子様とお姫様が初めて交わす口づけのシーンだったと覚えている。

まぶたにそっとカイルの唇が触れた。暖かくて優しい感触に、アリシアの心は陶然となる。それから、唇が重なった。

どう反応して良いか分からず、アリシアは目を閉じてあるがままを受け入れていた。そうして再びまぶたに口づけたのを最後に、カイルの唇は離れて行く。

「これからは何度でも、君に好きだって伝えるよ」

「……カイル」

お礼を言わなければと、アリシアはカイルの名を呼んだ。

「ん？」

すぐに目が合うのがくすぐったい。

先程は逸らしてしまった目を、今度は逸らさずに笑顔を向けた。

「あんなにひどいことを言ったのに看病してくれてありがとう」

無理に喋らなくていいと唇に押し当てられた指も。

俺の可愛いアリシアと囁く声も。

どちらもカイルのものだと、本当は分かっていた。

兄は自分を「俺」とは言わない。

ハンスだったなら、兄がずっと看病してくれたと勘違いしているアリシアを兄は訂正しただろう。

カイルに傍にいて欲しくて、優しく接して欲しくて、自分に都合の良い幻覚を見ていたのかもしれない。

その可能性は微塵も疑わなかった。

もし今ここでカイル本人にそれは自分じゃないと否定されても、アリシアは幸せな夢を見ることができたのだから。

「無事で本当に良かった」

マントごとさらに抱きしめられ、アリシア自身も無事で良かったと心から思った。

——それから。

「私の素敵な王子様、良かったら後で私と一緒に踊って下さい」

「俺の大事なお姫様の願いとあらば喜んで」

アリシアの右手の甲に再び優しい口づけが落とされる。

けれど、踊る為にホールに戻るのはまだもうしばらく先になるのだろう。そんな気がした。

いつの間にか、満月前の限りなく真円に近い大きな月は空の頂上付近にまで移動している。

そんなにたくさんのことを話したわけではないけれど、大切なことを話して心はかなり寄り添い合えた。幸せすぎて、だからあっという間の出来事に感じてしまうのだろう。

「まだ一緒に踊る約束を果たしてないし、喉も渇いて来ただろう？　中に一度戻ろうか」

言われてみれば確かに、少し喉が渇いている。控え目に頷けばカイルは立ち上がって手を差し出した。

「今度こそ、可愛い苺のお姫様に恋焦がれる男と踊っていただけますか」

「私で良ければ喜んで。青い薔薇の凛々しい王子様」

見惚れてしまいそうなほど完璧な王子様スマイルに、できるだけお姫様らしさを意識した優雅な笑みで応える。

「誘いを受けていただけて光栄です」

でも、やっと対等になれたと思ったのに、生粋の王子様にはやっぱり敵わない。右手の甲に恭《うやうや》しく口づけを落とされ、アリシアの頬が真っ赤に染まった。

アリシアの右手を取ったままのカイルが窓を開けると、途端に人の話し声や楽団の奏でる優雅な音楽が流れ込んで来た。それから人々の視線も少しずつ集まりはじめているような気がして何だか落ち着かない。

もっとも、第三王子が直々に、王都の社交界では見たことのない令嬢をエスコートしているのだ。先程のやり取りを目にしているいないに拘わらず、気になるのは致し方ないのかもしれない。

「おいでアリシア」

周囲の目を気にして俯きがちになるアリシアの腰を、カイルがそっと抱き寄せた。曲に合わせて踊る為だと理解して顔を上げれば優しい表情で頷き返される。

「堂々と振る舞っていたらいい。誰が何を思おうと俺のお姫様は君しかいないのだから」

「……うん」

まだ完全な自信は持てない。

それでもカイルに向けて精一杯の笑顔を見せた。

おそらくカイルは誰かに見せつけようというつもりはなく、きっと自分がそうしたかっただけだろう。ふいにアリシアの額に口づけた。

きゃあ、と悲鳴とも歓声ともつかない声がサロンのあちこちから上がる。咄嗟にカイルを見上げると、優しい目が見つめ返してくれていた。

アリシアは意を決して頷く。

もう誰にも渡したくない。

それなら、周りの目なんて気にしたって何の意味もないことだ。

前に泉で練習したように、カイルのリードに身も心も任せて足を運ぶ。

あの時は、カイルと踊っているであろう王都の令嬢たちが羨ましくて仕方がなかった。でも今はそんな気持ちは微塵も沸かない。だってこれからはずっと、アリシアだけがカイルと踊るのだから。

ふと、視線の端にディアスが見えた。

礼装なのだろうか。

普段着ていると思しきものよりも少し装飾の多い騎士服を纏い、誰かと踊っている。

彼が踊りたいと思う令嬢はどんな令嬢なのだろう。

純粋な好奇心から思わず眺めていると、ディアスの肩越しに相手の耳元がちらりとのぞいた。結い上げられたその色は、プラチナブロンドをしている。

「アリシア？」

アリシアの視線を追い、カイルは小さく笑った。

「彼女の王子様はね、それこそ七年以上前からディアスなんだよ」

「そうだったの」

カイルの反応からしてディアスと踊っているのはあのお姫様なのだろう。カイルにとってのお姫様ではなくても、だけど彼女はお姫様には違いなかった。

ディアスを見つめていた青い目が、ふいにアリシアに向けられる。ずっと見つめてしまっていたから視線に気がつかれ、不快な思いをさせてしまっただろうか。

遠目にもやや気の強そうに見えるその目は、けれどすぐさま柔らかな笑みの形に細められた。そうして軽く会釈してくれた彼女に、アリシアも頭を下げて応える。

「想いが伝わった直後なのにあんまり他の男を見ていられたら妬けて来るから、そろそろこっちだけを見て」

「ふふ、カイルってば」

アリシアはカイルに視線を戻した。やきもちを妬く様を、可愛いなんて思ってしまう。

ずっと、手の届かない王子様だと思っていた。

その一方で王子様らしくない姿を見る度に、もしかしたら手が届くかもしれないと思った。

そうして届いた手は以前気まぐれのように触れ合っていた時とは比べものにならないくらい、温かくて優しい。

指を絡めた右手を引き寄せる。それから手首を返し、カイルが何度もしてくれた仕草を真似て今度はアリシアからカイルの手の甲にそっと唇を押し当てた。

自分からしたのに、不慣れなことをしたせいで耳まで赤くなるのが分かる。すると簡単に主導権が奪われ、指先へ口づけを返された。

「あ、あの、ディアスさんのお姫様は何ていう方なの？」

「エレナだよ」

羞恥心を誤魔化すように尋ねたアリシアに、カイルはちゃんと答えてくれる。

エレナ様、そう口の中で小さく反芻し、カイルを見上げた。

「いつか色々とお話ししてみたいな」

「エレナも、君には聞きたいことがたくさんあるんじゃないかな」

「それならいいんだけど」

ゆったりとした曲が徐々にテンポを落として行く。そろそろ曲が終わるという合図なのだろう。

次の曲は踊らないことにした。カイルと一緒に輪を外れ、給仕係から飲み物のグラスを受け取る。

「アリシア」

喉を潤してほっと一息ついていると、ジェームズに声をかけられた。

一緒に夜会に来たはずなのに、ずいぶんと久し振りに顔を見るような気がしてしまう。兄も同じ気持ちを抱いたのか、どこか懐かしそうな表情をしていた。

それでもアリシアに寄り添うカイルの姿に状況を理解したらしい。すぐに笑顔を浮かべて見せた。

「僕はもう帰るけど、アリシアはどうするんだい？」

その質問はどちらかと言うとカイルに聞いているようだった。カイルも意図を察してアリシアの肩を抱き寄せる。

「責任を持って俺が家まで送り届けるよ」

「承知致しました。妹をよろしくお願い致します。じゃあアリシア、父上たちには僕から話しておくから……おやすみ」

「おやすみなさい、お兄ちゃん」

ジェームズを見送り、カイルは肩で大きく息をついた。

「まだ話しておきたい大切な話があるんだ。もう少し話そう」


中庭に面したバルコニーに戻るのかと思いきや、アリシアの手を引くカイルが向かったのはサロンから三部屋離れた小さな客室だった。

もっとも、小さいというのは王族として育ったカイルの基準であって、アリシアの感覚からしたら十分に広くて豪華な部屋だ。

横長のソファーにアリシアを座らせ、隣にカイルが腰を降ろす。

「今になってこういうことを言うのは卑怯かもしれないけれど、今になって言うことに意味がある大切な話だから聞いて欲しい」

しばらくして、アリシアの左手を自分の右手で優しく包みながらカイルが真剣な様子で口を開いた。

カイルの隣ですっかり不安も消え失せていたアリシアは、何の話だろうと夏の青空を閉じ込めたような目をじっと見つめる。

手を握る指に力がこめられた。アリシアを逃がすまいとするかのような仕草だ。今さら逃げたりどこかに行ったりなんてできるはずもない。カイルは何かを不安に思っているのだろうか。

カイルは一度視線を落とし、それから空いている左手をアリシアの頬に滑らせた。

「――カイル？」

どうして、さっきから不安そうにしているのだろう。

今になって言うのは卑怯なこととは何なのか。

アリシアもどんどん不安になって、頬を撫でるカイルの手に触れた。

冷たくなっているのはどちらの指先なのだろう。

本来なら温かく触れ合えるはずなのに、冷たさに悲しくなった。

カイルはようやく意を決したように顔を上げる。

話してくれる気になったらしい。アリシアも、何を言われても受け入れようと覚悟を決める。

「王位継承権とか必要ないし、第三王子の地位を返上しようと思ってる。だから手続きが終わったら俺は第三王子じゃなくなるけど、それでもいいかな」

「……え」

アリシアは瞳をしばたたかせた。

確かに大切な話ではあるのだろう。けれど、それでどうしてカイルがこんなにも不安そうな顔をしているのかは分からなかった。

「そんなことで、不安そうな顔をしてるの？」

身構えていたせいか拍子抜けしてしまって、思わず笑顔が浮かんだ。

「そんなこと？」

聞き返すカイルの頬を今度はアリシアが優しく包む。

普段より、冷たい気がする。やはりカイルの体温が低くなっているのだ。その理由は分からないけれど、自分の体温を分かち合って温めてあげたいと強く思った。

「私……カイルが王子様だから、カイルのことが好きなわけじゃないよ。好きになったきっかけは、素敵な王子様だなって思ったことがきっかけだけど……でも私にとっての、いちばん素敵な王子様だから。だから、大好きで、カイルにとってのお姫様になりたいって思うのも、いちばん大切な存在になりたいっていう意味で」

好きだという気持ちは伝えてある。けれど、しっかりと言うのはまだ恥ずかしかった。

気持ちを伝えることと、自分でも何を言っているのか分からなくなったことで頬が真っ赤に染まって行く。

恥ずかしくて、このまま溶けて消えてしまいそうだ。

でも今まで全然言えなかった分、言える時にたくさん伝えたかった。

カイルの言葉をどうせ社交辞令だと疑って、素直になれなかった分まで。

アリシアは最後の勇気を振り絞る。

「私は元々お姫様でも何でもないけれど、でも私のたった一人の王子様が私をお姫様だと思ってくれるなら、それだけで幸せに思うくらいあなたが好き。だから私を、あなたのお姫様にして下さ……」

言い終わる前に強い力で抱き寄せられた。

勢いがつきすぎて肩と肩が激しくぶつかってしまう。そこに鈍い痛みが一瞬走った。

「あ……っ」

思わず小さな悲鳴を上げれば、カイルがハッとしたように「ごめん」と囁く。見つめ合ったのはほんのわずかな時間だけで、どちらからでもなく自然と唇を重ね合わせていた。

まだ、口づけにはどうやって応えればいいのか良く分からない。

静かに目を閉じておとなしくしていると、唇は名残惜しさを窺わせながらも離れた。時折触れ合うだけのそれが離れて行くことがこんなにも切ない気持ちにさせるなんて、アリシアはこれまで知らなかった。

今度はアリシアの身体をゆったりと抱き留め、カイルはその小さな頭に頰を寄せる。

「一応、形ばかりは公爵位には就いても相応の領土があるわけでもないから、大きな税収があるわけでもない。王城でお姫様みたいに優雅な暮らしをさせてはあげられない。――それでも、君と結婚したい」

アリシアは大きく目を見開いた。

やがて改めて伝えられた言葉の意味を何度も反芻して理解が追いつくと、涙で視界が潤んで来る。

慌てて頷き、言葉を紡いだ。

「私、も……カイルのお嫁さんに、なりたい」

「うん。お嫁さんになって」

アリシアの心情的には今と何一つ変わらない第三王子を返上するという話よりも、プロポーズと受け取れる言葉の方がよほどびっくりした。

「あまり君を泣かせたくはないんだけどな」

カイルは小さく笑いながら涙を拭ってくれる。

泣いたのはカイルのせいなのに。

カイルが、嬉しくて胸がいっぱいになるようなことを言ってくれたからなのに。

「だって、嬉しすぎるんだもの」

「でもどうか泣かないで、俺の可愛いお姫様」

たくさん泣いて少しひりつくまぶたに触れるカイルの唇は、痛みを忘れさせてくれるくらい優しいものだった。


カイルに手を引かれ、まだ夜会の終わっていないフロアを離れる。

主催者であるカイルがいなくても良いのかと尋ねると、両親がいるから大丈夫と言われた。

カイルの両親。

すなわち国王夫妻があの場にいたということだ。

そういえば、夜会に列席すると聞いていた。広間にいたのであれば、泣きそうなアリシアがカイルに抱きかかえられてバルコニーに連れて行かれたところも見られていたのかもしれない。

さっきまではもうカイルとは終わりだと思っていたから、周りのことなんて全く気にしていなかった。

けれど想いを伝えあった今となっては、何という失態をしてしまったのだろうと青ざめずにはいられない。

「気にしなくて大丈夫だよ。それよりもむしろ、息子の七年越しの初恋が実って可愛いお嫁さんを迎えられることに安心してるだろうから」

「え……っ」

お嫁さん。

その言葉にアリシアの頬が熱を帯びる。

カイルは足を止め、アリシアの耳元に唇を寄せた。

「これから、結婚式より一足早く俺のお嫁さんになってくれるんだろう？」

甘く囁かれた言葉の意味を理解し、アリシアはますます赤くなる。

規模は小さめでも王家が開く夜会だ。煌びやかなサロンには華やかに着飾った人々が訪れ、楽団の奏でる音楽が遠く聞こえて来る。

だけど今アリシアたちのいる場所はもう、音楽で心臓の音はかき消されない。

代わりに胸の高鳴りが自分の声よりもカイルに聞こえている気がして、ただ頷いた。

『二人きりになりたい』

すでに二人きりになっている客室で何度も口づけを交わすうちに止まれなくなって、カイルの誘いに乗った。

アリシアだって子供じゃない。

その意味は分かっている。

分かっていて、アリシアも同じ想いでいるから応えたのだ。

「――はしたないって、嫌いになる？」

「じゃあ、誘った俺のことを嫌いになってる？」

「そんなこと、ない」

逆に問い返されて首を振る。

はっきりと言葉でも否定すると、カイルは優しく頷いた。

「俺もそんなことないよ。むしろお嫁さんになってくれるんだって、すごく嬉しいと思ってる」

「私、も……そうしたいって、思ったから」

「――うん」

サロンから離れるにつれ、同じ屋敷内とは思えないくらい辺りは静寂に包まれている。

それはまるで、これから特別な儀式をしようとしている二人を世界から切り離そうとしているかのようだった。

壁の左右に等間隔でランプの灯る廊下をさらに進むと、愛しげな視線を向けたままのカイルは目的の部屋に着いたのか足を止め、左手でドアを開けた。

中に誰もおらずとも灯りの灯った部屋へアリシアを促し、逃がさないよう後ろ手で閉ざしたドアに鍵までかける。

その音にアリシアは思わずびくりと肩を震わせ、カイルを見上げた。

「……怖い？」

優しく問いかけられて首を振る。

カイルは安心したように笑みを浮かべ、アリシアの身体を抱き寄せた。

「好きだよ」

「ん……」

口づけを受け、瞳を閉ざす。

おそらくここはカイルの私室に違いない。初めて来たのにどんな部屋か、まだちゃんと見れていないことを少し残念に思いながら口づけに懸命に応えていると、横抱きの体勢にされた。

「――ごめん。思ってたより余裕がないみたいだ」

そのままさらに奥の部屋に続くドア向かい、移動する。

手前の部屋よりもさらに落ち着いた灯りの部屋は寝室なのだろう。抱き上げられたままわずかに目線を上げるとベッドが見えた。さすがは第三王子が普段眠るベッドなだけはある。二人で寝ても十分に余裕がありそうなほど大きなものだった。

ベッドの端にアリシアを一旦座らせ、その前で身を屈めるとカイルは恭《うやうや》しくパンプスを脱がせた。自分も靴を脱ぐとベッドに上がり、アリシアの両脇に膝をついた。細く白い首筋を啄みながら、くすぐったさに身をよじらせるアリシアからネックレスを外す。サイドテーブルの上に置き、その唇をまた奪った。

「ふ……っ、ぁ……」

カイルの両手が背中へと回され、何かがすべるような音がする。あっと思った時にはドレスのファスナーが下ろされていた。背中が完全に丸見えになっているであろうドレスをゆっくりと両腕から抜かれれば、支えのなくなったそれは下へと落ちて行く。

それから指先に優しく口づけられて、レースの手袋もカイルの手で両方外された。素手なんて今まで普通に見せていた場所なのに、何故か特別な場所を特別な相手の前に曝しているような気分だ。今ここにいること自体がアリシアにとって特別な意味を持つことだから、そう思うのかもしれなかった。

アリシアの華奢な身を包むものは白いコルセットと揃いのショーツ、レースで縁取られた厚手のストッキングを止めるガーターベルトと、本来なら隠されて然るべきものが残される。

「あ……」

しどけない姿にアリシアの頬が羞恥心で染まった。手で隠してしまうより先に、腰にまとわりつくドレスを下へと落とされる。ベッドの中央に横たえられると、普段のカイルもこの辺りで眠っているのだろう。カイルと同じ香りが強くなった。

ここまで一切の抵抗もせず、アリシアは胸の前で編み上げられているコルセットの紐を解かれてもされるがままだ。恥ずかしいけれど、いやじゃない。それでも初めてだからどうしたらいいか分からずにいた。

緩んだコルセットを脱がされると、柔らかな二つのふくらみが顕《あら》わになった。

「あ、んまり、見ない、で……」

さすがに耐えきれずにアリシアは右手を口元に当てて顔を背けた。

慣れないコルセットが外れた開放感に安堵しながら、きつく締め付けられていた肌にその跡が残っていて興醒めさせてしまうのではないかと怯える。

カイルは深く息をつき、緊張と羞恥で震えるふくらみをその両の掌の中に優しく包み込んだ。

「可愛い」

柔らかさを確認し、その感触を味わうようにやんわりと揉みしだかれると、素直に反応してカイルの手の中で波打つ。これまで経験したことのない、官能を呼び起こす為の動きだ。必死に声を押し殺していると、ふくらみを離れたカイルの手はガーターベルトにかけられた。

途端にアリシアの身体が固くなった。これからすることの為にはそうしなきゃいけないと分かっていても、どうしても羞恥心は拭い切れない。

「アリシアの全部……見せて」

「っ、ん……」

なのに耳元に口づけと共に囁かれると頷いてしまう。

まずはガーターベルトを外し、次にずいぶんと長い時間をかけてストッキングを脱がされた。子供に靴を履かせる時のように爪先と踵を両手で支えられたかと思うと、健康的に引き締まったふくらはぎへと幾度も口づけが落ちる。

不格好に片足だけを開いた状態がひどく恥ずかしくて涙が滲《にじ》んだ。足を戻されると無意識に固く閉じ合わせてしまう。

そして、アリシアの秘められた場所を包み隠すものは白いショーツだけとなった。

「腰を少し上げてもらってもいい？」

拒絶したらきっと、カイルは困ったような顔を見せはしてもアリシアに無理強いはしないだろう。

けれどアリシアは恥じらいで頬を染めながらも従順に腰を浮かせた。

華奢な腰の両側で結ばれた紐が解かれ、最後の砦と呼ぶには心許ないそれがカイルの手によって陥落して行く。

アリシアはとうとう生まれて初めて、その白い素肌の全てを人の眼前に曝け出した。

「アリシアは本当に可愛いね」

どこか陶然とした響きで囁くカイルの指先が、腰のラインを確かめるようにゆっくりとなぞりあげる。

何も纏っていないのに身体が熱い。

緩く吐き出される吐息が自分のものではないようだった。

「私、ばっかり、いや……。カイルも……お願い」

脱いでとは言えず、お願いをするとカイルは身を起こした。

機嫌を損ねてしまっただろうか。心配になって顔を上げると何の躊躇《ためら》いもなく上着を脱ぎ捨てるカイルが見えた。

逞しい上半身が顕わになり、アリシアは顔を背ける。

カイルが見かけによらず逞しいのは、力仕事を手伝ってくれたことから知っている。けれど素肌を見るのは、見せるのと同じくらい恥ずかしかった。

「アリシア」

声をかけられ、誘われるままに視線を戻せば再び抱き上げられた。引き寄せ合うように触れる素肌がたちまち熱を帯びて行く。

「もっと触れてもいい?」

「ん……っ」

アリシアが恥ずかしげに頷けば、小さな水音を立ててカイルの唇がアリシアの胸の先端に口づける。

「ひぁっ!」

途端に鋭くも甘く痺れるような感覚が背筋を伝い、短い声が唇からこぼれた。

アリシアの反応を受け、カイルは淡く色づく先端を口に含む。

いつの間にかそこは硬く尖りはじめているようだった。舌でつけ根から頂上に向かって舐め上げられたかと思えば飴玉のように転がされ、そして奥歯で優しく食む。

その度にアリシアは、はしたないと思いつつも泣き声にも似た声を上げてしまった。

けれどカイルからの胸への愛撫はそれだけでは終わらない。

頼りなさげに揺れるばかりのもう片方のふくらみにも手が伸ばされた。指先で先端をつままれ、指の腹で少しこすられればやはり痛いくらいに硬くなった。

両方の胸に同時に異なる刺激を与えられ、何故だかお腹の奥がじんわりと熱くなって来る。

「あっ、あ、カイル、助けて、んん……っ！」

アリシアの身体の至る場所に口づける度にカイルは、可愛い、可愛いと熱っぽい声で囁いた。口づけられる場所がどんどん下がって行き、そしてお腹にまで達する。おへその窪みを舐められると足が勝手に切ない気持ちを口の代わりに訴え、ふとももをこすり合わせるように動いてしまう。

覚えのない水音に身体が跳ねた。

そのひどく淫らな音が聞こえてしまったのか、カイルの手が音の出どころを暴くようにアリシアの膝を割り開く。

「いや……。そんな、とこ……見ちゃだめ……っ」

「綺麗だ」

アリシアの制止は聞き入れてはもらえなかった。最奥の淡い花園が初めて人目に、それも王子様の前に曝け出されてしまう。

さらにはあろうことか、王子様の唇が秘められた場所に触れる。

そして愛撫を受けて大量に溢れていた蜜を舌で掬い取ると、塗り広げるように大きくなぞりあげた。

「あっ、ふ……っ。あ、あぁんっ！」

これまでに感じたことのない鋭い刺激に腰が砕けてしまうかと思った。

でもカイルは、アリシアの最も敏感な部分を見逃してはくれない。傷つけないように指先を使って剥き出しにした淡いピンク色の突起を口に含み、軽く吸いついては舌先でなぶる。

その度にアリシアはなす術もなく背中をのけぞらせ、まるで陸に打ち上げられた魚のように跳ねるしかできなかった。

「だめ……っ！　へんになっちゃ……」

「へんになってもいいよ。可愛い。可愛いところ、たくさん見せて」

「あっ、あ……っ。ん、あ――っ！」

切ない悲鳴が唇からこぼれ、耐えきれずに初めての絶頂を迎える。

それでもカイルの愛撫は終わらなかった。唇と舌で、達したばかりの敏感な部分を攻め続ける。

「ひぁ……っ！　だめ、あっ、ん……っ」

身体が、自分ではない自分になってしまうようだった。

甘えるような嬌声を上げるアリシアは嫌われてしまわないだろうか。

でもそうさせているのはカイルで、どうしたら良いのか分からなくなる。

甘い蜜で溢れる泉に舌とは感触の違うものが触れた。

カイルの、指だ。

誰にも触れさせることのなかった繊細な秘所は当たり前のように固く閉ざされ、指一本でさえも侵入を激しく拒んでいる。けれどその一方で、それが愛しい王子様の身体の一部だと分かっているアリシアは本能的に奥へ招き入れようとしていた。

「んん……っ、は……っ。ふぅっ……」

淫らな音を立てて舐められては突かれ、切なげな声がこぼれる。

足を開いた体勢が恥ずかしい。閉じたくても許されず、優しい舌先と荒々しい指による愛撫を受け続けるその場所が、次第に柔らかく綻んで来るのが自分でも分かった。

すると、指がさらにもう一本押し当てられる。次の瞬間には二本目のカイルの指さえも、アリシアはたやすくその中へ受け入れていた。

「あ、あ……っ！」

「可愛いね」

咄嗟にカイルの頭を抱え込むと蕩《とろ》けるような甘い声が帰って来る。

絶えず溢れる蜜を舐め取り、その上で硬く主張する可愛らしい蕾を啄みながら未だ固さを残す中を広げるよう指を動かす愛撫に、アリシアはひたすら翻弄された。

「ひああんっ！」

カイルの指を受け入れている場所から背筋にかけて、ふいに強い感覚が走り抜ける。

まるで頭の中が灼き切れてしまったかのように呼吸が止まった。カイルもアリシアの反応に気づいたのだろう。あきらかに指先が、ざらりとしたその場所を狙ってこすり立てている。

「また、へんになっちゃ……。きちゃう……！　きちゃうの……っ！」

「ん、いいよ。イッて」

「あ……っ！　だめ、だめぇっ、あんっ、ふあぁぁっ！」

アリシアは全身を硬直させ、優しく促されるまま爪先までのけぞらせて二回目の絶頂を迎えた。

そして糸の切れた操り人形さながらにぐったりと弛緩した身体を抱き寄せられ、カイルの胸元に甘えるような仕草で頬を擦り寄せる。

自分だけ呼吸が荒く弾んでいるのが恥ずかしい。だけど背中を撫でるカイルの手はとても優しくて、アリシアを何よりも安心させた。

「ふ……。ん……、ぁ……」

唇を重ね、舌を絡める。

もしかしたら、カイルは口づけが好きなのだろうか。

アリシアだってもちろんカイルとするのは好きだけれど、今夜だけでも、もう何度したか分からない。

「どうかした？」

アリシアが口づけの最中に考え事をしていたことに気がついたのか、カイルが顔をのぞきこんだ。

思っていたことをそのまま素直に尋ねると、そうだね、と簡単に肯定された。

「キスしたいと思ってもずっと我慢してたからね。アリシアは、俺とキスするの好きじゃない？」

「……意地悪」

嫌い？ではなく、好きじゃない？なんて聞き方をするのはずるい。

そんなの、アリシアだって好きに決まっている。

まだわずかに乱れた呼吸のまま、アリシアはカイルの肩口に深く顔を埋めた。

これで終わりじゃないと分かっているし、カイルだって分からないはずがなかった。

――アリシアはまだ、カイルの〝お嫁さん〟になってない。

近い将来に永遠の伴侶となる王子様の顔を見つめると、すぐに目が合う。情欲に濡れた男の目がそこにあった。

けれどもちろん怖くはない。いつだってカイルは自分を守ってくれると誰よりも信頼している。

「アリシア……痛かったら、俺の背中に爪を立てていいから」

こくん、と声もなく小さく頷いて返事をすれば、口づけが額に落とされた。両足を支えられ、これ以上ないというほどに膝を左右に開かれた羞恥心をかき消すよう、カイルの肩に手を回す。

濡れそぼった場所に熱い塊が触れた。思わず鋭く息を呑むアリシアに、カイルは困ったような笑顔を向ける。

「怖い？　やめる？」

アリシアは強くかぶりを振った。カイルの首を抱えるように両腕を絡め、深く息を吐く。

「だ、いじょう、ぶ……だから……」

未知の行為への不安が隠せなくて震える声には到底、大丈夫だという説得力がない。

けれど、カイルとそうなるのが嫌なのかと聞かれたら、嫌じゃないと答えられる。

素肌同士を触れ合わせているせいか、普段よりも熱い気がするカイルの体温だけを感じられるように目を伏せ、今度はできる限りしっかりとした声で伝えた。

「私を、カイルのお嫁さんにして。カイルのお嫁さんになりたいの」

「……うん。アリシアを俺のお嫁さんにしたい」

額を合わせ、カイルの金色の髪をそっと撫でる。

さらさらとした感触を指で楽しんでいると、カイルの唇がアリシアのそれに触れた。そうしてお互いに何度も唇を啄めば、甘やかな気持ちが胸に広がる。

じゃれるような仕草から、やがて深い口づけとなって舌を絡め合った。

愛しくてたまらない。

アリシアはただ、カイルだけを信じればいいのだ。

「できるだけ、痛くないようにするから……力を抜いて、俺に全部預けて」

「ん……」

額に口づけを受けて頷くと、カイルは嬉しそうに笑った。

首筋へとかかるカイルの吐息を受け、アリシアの背中が震えた。抱える足から強張りがわずかに抜けるのを感じたのか、カイルが耳たぶを甘噛みする。

「ひ、あ……っ」

水音を立てながら耳の輪郭を舐められ、身体が蕩《とろ》けそうになった。

そして足のつけ根にずっと押し当てられている熱杭が、アリシアのぬかるみの中央に狙いを定める。ゆっくりと割り入ってくる大きな異物が与える痛みに、再び身体が引き攣った。

「やあぁっ……！」

痛い、そう口に出してしまうと歯止めが利かなくなる気がして必死に飲み込んだ。身体が二つに引き裂かれでもするかのような鈍い痛みをどこかに何とか逃がそうと、闇雲に足を動かして暴れる。ぼんやりとする意識の中で、自分が望んだことなのだからと懸命に堪《こら》えた。荒い息を小刻みに何度も吐きながら、カイルの背に夢中になってしがみつく。

「アリシア……ごめん、君にだけ痛い思いをさせて」

アリシアは首を振った。

カイルが苦痛を覚えてないことに安心する。けれど、アリシアはどうしていいか分からない。力を抜いた方が良いのだと分かってはいても、実行に移せるだけの余裕がなかった。おそらくまだ、全て繋がりきってない。だから、このじんわりとした痛みが消えることもないだろう。

そう思った瞬間、カイルがアリシアの腰を両手でしっかりと支えた。

「ごめん、もう少しだけ我慢して」

「う、ん……っ」

より明確な意思の込められたそれが、ずぶずぶとアリシアのいちばん柔らかな場所を力ずくでこじ開けようとしている。

そして奥まで一気に刺し貫いた。

「あっ……、ん、あぁ……っ！」

アリシアの華奢な身体が反射的に跳ねる。

ごつごつとしたカイルの腰骨が密着していた。

それまでとはまるで質量の異なる圧迫感に、全部入ったのだと本能的に悟る。

「カイル、私……」

大好きな、初恋の王子様とこれで本当に結ばれたのだ。

思ってもみなかった幸福に歓喜の涙が滲《にじ》んで来る。

「アリシア……好きだよ」

カイルの右手がアリシアの頬を包み、そっと唇を重ねた。

右手はそのまま頬を伝う涙を拭い、左手はわずかに汗ばんだアリシアの肌の上をなぞるようにすべらせて行く。

柔らかなふくらみに触れると、その頂上で未だ固く尖ったままの部分をつまんだ。

親指と人差し指で挟み、傷つけないように指先で優しく引っかく。

繋がっている部分と時間を少しでも増やしたくて、アリシアは夢中で舌を差し出して口づけに応えた。

「ふあ、や、んんっ……」

身体が中心から二つに引き裂かれるような痛み自体は消えなくても、その奥から快楽が沸き上がって来る。やがてアリシアは口づけをしていられなくなった。

重ねた唇を離し、空気を求めながら控え目な喘ぎ声をこぼす。アリシアが痛み以外のものを感じはじめていると見て取ると、カイルはしがみつく細い腕が離れてしまわない程度に身体を離した。

左手でアリシアの足を上げ直し、自分の足を使って上手く支えながら足のつけ根へと指を伸ばす。

「ひ、ぁっ！」

まだわずかに濡れた敏感な突起を指の腹でこすられ、アリシアは悲鳴を上げた。

繋がっている場所から掬った甘い蜜を塗り込むように撫でれば、アリシアにさらに強い快楽をもたらす。

ようやく力の抜けはじめた身体を小さく突き上げられる度に淫らな水音がそこから上がった。

「あんっ、あっ、あ、あ……っ」

「アリシア……。ごめん、動いても……いいかな」

「ん……っ」

掠れた声での問いかけに頷けば、カイルの動きが少しずつ大きくなって行く。

そして、先端の当たる場所を幾度も変えながら、アリシアの中を探るように揺らした。少しでも痛みを和らげようと、指でこすった時に反応の良かった場所を探しているのかもしれない。

先程のことを思えば、そこを攻められたらアリシアは間違いなく達してしまう。

中にある敏感な場所を早く見つけて欲しいような、このまま見つからないでいて欲しいような、複雑に相反する気持ちを抱えながらアリシアは何もできずにいた。

「ん、あんっ！」

指で愛撫した時にどうやらある程度の目星をつけていたのか、早々にそこを見つけられてしまったようだ。

硬く真っすぐな指とはまた違う感触の、微妙な段差を持つそれがアリシアの中に引っかかった。無意識に高い悲鳴があがり、与えられた快楽を受け止めきれずに腰が浮いてしまう。

カイルはもちろんアリシアのそんな反応を見逃すことはなく一旦動きを止め、甘い反応のあった場所を狙ってゆっくりと腰を突き入れる。

「ここがイイの？」

「やっ、あ……っ！　そこっ、なんか……、へん……っ」

いやいやと首を振るアリシアに、カイルはその場所を重点的に攻めた。

再び潤うほどにアリシアの中から分泌されはじめた甘い蜜を潤滑油にして、開かれたばかりの身体を奥まで穿つ。

二人が結ばれた場所から立つ水音は大きくなる一方ですぐに部屋中に響き渡り、それをもたらしているのが他でもない自分の身体なのだと思うとアリシアは羞恥に身をよじらせた。

痛みよりも、結ばれた幸福感と、とめどない快楽で頭がいっぱいになる。

初めてなのにこんなに気持ち良くなってしまうものなのか。比較するものがないから分からないけれど、アリシアは全身でカイルを受け止め、そして逃がさないと言わんばかりに絡みついた。

「ふ、あ……っ。んっ、カイルっ、私っ、わた、し……っ」

「うん。俺も……気持ちいいよ」

アリシアの頭の両脇に手をついたカイルの言葉と艶っぽい表情にたまらなくなって、アリシアは自分からその唇を求めた。

「あ……。ん、ん……」

まるで意思を持った別の生物になってしまったかのように舌を絡め、互いの唾液を交換して飲み干す。その度に下腹部を襲う切ない感覚が強まり、甘えた吐息がこぼれた。

自分から求めたのに口づけをしていられなくなる。

「カイル……っ。好き、大好き……っ」

浅く短い呼吸を繰り返し、アリシアの全てを押し流そうと次々に襲い来る快楽に必死で抗うも無理だった。

その快楽をアリシアに与えているのは、彼女のいちばん愛しい王子様なのだ。抗いきれるわけもない。

せめて、最後は一緒に。

首に回した手に力を込めるだけの余力もない。けれど、何とか力を振り絞って抱きしめ直すと額に優しい口づけを落とされた。

お互いが七年間変わらずに抱き続けて来た気持ちが通じ合って、身体の奥深い場所で繋がる今なら、言葉がなくても全て伝わる気がする。

再びアリシアの腰を支え、抉るように穿つカイルの動きがだんだん激しさを増して行く。

「あ、ふ……っ！　カイル、カイル……っ！」

「好きだよ、アリシア。好きだ——大好きだ、愛してる」

冷静そうに見えてカイルも限界が近いのだと悟った。その事実が嬉しくてアリシアはどこにそんな力が残っていたのか、自分でも驚くほどの強さでカイルのそれを締めつける。

「アリシア、一緒に……」

「う、ん……っ！　ああっ、んっ、ふ、あ――――っ！」

大きく背中をしならせて一際強い絶頂を迎える身体の奥に、熱い塊が幾度も叩きつけられた。

思考が快楽で朦朧としていても――いや、快楽で朦朧としているからこそ、それがカイルの放った精液なのだと分かる。

これは多分実を結ぶことはないけれど、両足をカイルの腰に絡めてより深い奥へと誘う。カイルもまた、アリシアの身体の下に手を差し入れて強く抱き寄せた。

ようやく全ての精を注ぎ終えたカイルはアリシアの汗ばんだ額に張りついた前髪を優しくかき上げ、顕わになった素肌に唇を押し当てる。

「カイル……好き、大好き……」

「愛してるよ、俺だけの可愛いお姫様」

激しい波に攫われるがまま、アリシアの意識は溶けて行った。


朝焼けに染まる道を、二頭立ての馬車が軽快に駆けて行く。

以前アリシアを迎えに来てくれた時のものと同じ馬車だ。そして今は、ハプスグラネダ家へと向かっていた。

ただでさえ朝の早い時間なうえ、今日は後でもう一往復することが決まっている。

御者を務める人を予定外に働かせてしまい申し訳なく思うけれど、まだ苺の世話も残っている以上は早めに帰る必要があった。

それに兄からすでに話は伝わっているにしろ、朝帰りしたところを家族に見られることに抵抗もある。

昨夜は色々なことを話したり、身体を重ねたりして馬を走らせるには些《いささ》か遅い時間になってしまった。だからカイルの家に泊めさせてもらったのだ。

「眠いなら少しだけど眠る？」

すぐ隣から声をかけられ、アリシアは首を振った。繋がれた指に遠慮がちに力を込めれば、それ以上の強さで握り返される。

「ここで寝たら、次に起きた時は夢から覚めちゃいそう」

「一度もう寝てるのに？」

「じゃあ起きたつもりでいるだけで、まだ夢の中にいるのかも」

幸せすぎて実感が沸かない。

繋いだ手の温かさはしっかりと伝わっているのに、ふとした弾みで消えてしまう気がしてならなかった。

「これが君の夢だったら、やっと捕まえたのに困るな。それに君から大嫌いだなんて言われるのは一度だけで十分だよ」

カイルが心底困ったような笑みを浮かべるから、アリシアは繋いでいるその手を引いた。

必然的に身を屈ませた体勢になるカイルの耳元に顔を寄せ、内緒話をする為に繋いでいない方の手を当てる。

それから、そっと囁いた。

「大好きよ、私だけの王子様」

着替えなど用意しているはずもなく、アリシアは一晩明けても夜会に着て行ったドレスのままだ。だけど、隣に座るカイルは軽装に着替えていてもなお、王子様の雰囲気を損なわず凛としている。

カイルは耳元に当てられたアリシアの手を取り、自然な動きで口づけた。

「本当に、俺のお姫様は可愛くてずるいお姫様だ」

「ずるい王子様のお嫁さんだもの」

「そうだね。俺をどんどん夢中にさせて、君は本当にずるいよ」

カイルはそう言うけれど、でもアリシアの口を塞ぐ方法を知ったカイルの方がやっぱりずるいと思うのだ。


その日のお昼過ぎに、国王夫妻がハプスグラネダ家を訪れた。

先触れもない突然の来訪だったけれど、両親は昨日からの流れで察していたのだろう。

あるいは小さくとも領主としての矜持か。

いずれにしろ特に取り乱すこともなく冷静に出迎え、遠くない未来に婚姻関係を結ぶことになる恋人たちの親同士としての挨拶を、恙《つつが》なく済ませた。

カイルの第三王子返上の手続きや式の日取りなど、重要な取り決めは他にもまだたくさんある。

とりあえず夏の間にアリシアはカイルと一緒に王都へ行くことになった。

慌ただしかった一日もようやく終わろうとしている時、カイルはアリシアの名を呼んだ。

自分の両親と、最愛の恋人の両親と兄が見守る前で改めてアリシアに向き合う。

その改まった雰囲気に、アリシアの心臓が大きく高鳴った。

期待と不安と緊張で痛いくらいだ。

そんなアリシアの心許なさを察したらしいカイルは安心させるよう微笑んだ。

「一生をかけて必ず幸せにする。いちばん大切にする。だから、結婚して欲しい」

「……はい」

胸がいっぱいで何も言えず、プロポーズの言葉にただ頷くしかできないアリシアの左手をカイルが取った。愛おしむように口づけた後、真っ赤に熟れた苺にも似た、小さなルビーの輝く指輪をその薬指にはめる。

白い指によく映える赤に満足げに目を細め、そして再び唇を寄せた。

「普通にダイヤの方がいいかなとも思ったけど、今の君は俺にとってはやっぱり苺のお姫様だからルビーにした」

指輪をもらえた事実さえあれば嬉しくて、そこに何色の石がはまっていたとしてもアリシアの中で価値が落ちることはない。

カイルが、アリシアに愛を誓う為に贈る指輪に相応しいと思って選んだものなのだ。これ以上の価値と理由なんて存在するはずもなかった。

「とっても綺麗な赤……ありがとう」

「このルビーに負けないくらい綺麗な真っ赤な苺を、ずっと二人で育てたいね」

「うん」

それもまたプロポーズの言葉のようで、アリシアは幸福感でいっぱいのまま微笑んだ。

以前、母に言われた言葉を思い出す。

『やっぱりアリシアのお婿さんになってくれる人は、一緒に苺を育ててくれる人がいいわねえ』

その相手が初恋の王子様になるなんて、言われた時は思ってもみなかった。けれど、カイルと二人で色んなことを話し合って分かち合って、きっといつまでも甘酸っぱい苺の果実に似た幸せを一緒に作って行ける。

薬指に煌めく、小さいけれどとても綺麗な紅い石を見ながら、そんな予感がした。

□□□

これから実りの季節を迎えようかというハプスグラネダ領は雲一つなく晴れ渡り、そんな青空の下に教会の鐘が祝福の色を混ぜて鳴り響いている。

今日は領主であるハプスグラネダ伯爵家の長女アリシアと、年若く爵位を得て間もないカイル・ベリルローズ公爵の結婚式の日だ。

「とっても綺麗よ」

「ありがとう、お母さん」

純白に輝くウェディングドレスに身を包むアリシアを、母が感慨深そうに眺めた。ドレスはもちろん、母がこの日の為だけに心をこめて縫ってくれたものだ。

なめらかなシルクの光沢が美しいオフショルダーの上身頃に、スカートは細やかなフリルを薔薇の花弁のように幾重にも重ねている。

後ろ側はお尻の下辺りから緩やかなドレープを描き、そのままレースが縁取るロングトレーンとして優雅な広がりを見せていた。

思えばアリシアの運命の節目には、母の作ったドレスが共にあった。

初めて王子様に出会った時も、王子様と結ばれた時も。アリシアを着飾らせてくれたのは母の愛情そのものだ。

「本当に、ありがとうお母さん」

「せっかくのおめでたい日なんだから泣かないの」

「……うん。ありがとう」

優しく笑う母の目も涙で潤んでいる。

結婚したからと言って、ハプスグラネダ家の娘じゃなくなるわけじゃない。

だけど明日からは別々の人生を歩む。

早起きをして、いい匂いに誘われてキッチンへ行き、朝食の支度をする母とおはようの挨拶をすることもない。

ずっと苺を育てて来た温室も、アリシアがいなくなることで再び使われなくなることが決まった。

それでもアリシアは大好きな王子様の元に嫁ぐ。

朝起きて最初に挨拶をする相手も、一緒に苺を育てて行ってくれるのも彼になる。悲しいことばかりではなかった。

「お母さん、私、お母さんの娘に生まれて本当に良かった」

「その言葉は、後でお父さんにも言ってあげてちょうだいね」

「うん」

涙を人差し指で拭い、アリシアは笑顔を見せる。レースを重ねたヴェールを被ると、母が頭の左側に薔薇のコサージュを飾りつけてくれた。

薔薇の色はもちろん青だ。今日の青空とよく似ている。そしてアリシアの夫となる王子様の目と同じ、愛おしい色だ。

支度が終わり、友人たちが次々に「おめでとう」「本当のお姫様みたいね」と感動に瞳を潤ませてお祝いの言葉を告げに来た後、プラチナブロンドを輝かせた美しい令嬢がアリシアの下を訪れた。

「本日はおめでとうございます、アリシア様」

「ありがとうございます、エレナ様」

エレナとは、カイルと婚約してすぐに初めて言葉を交わした。

夜会での様子から想像していた通り、彼女の想い人はディアスだった。カイルからハプスグラネダ領の話を聞いていたエレナは、アリシアの祖先である第七王女エルネグリッタと自分を重ねて興味を持っていたのだという。

『わたくしが心を寄せるのも、王女殿下であらせられたエルネグリッタ様と同じに語るのもおこがましい話ですが、自分より身分が低い騎士です。ですから、エルネグリッタ様には親近感を抱いておりますの』

それならと、倉庫に転がっている彼女の日記を貸してみたところエレナはいたく感激して、翌日には読み切ったから他にもあるのなら貸して欲しいと家を訪れて来た。

『とても情熱的な、素敵な恋のお話でしたわ』

表情を輝かせて感想を語る、恋をする女の子の姿に今度はアリシアが親近感を覚え、それ以来友人の一人として接している。

「ブーケはぜひ、わたくしに向けて投げて下さいませね」

「善処は致します」

いたずらっぽく笑いながら言うエレナにアリシアもまた微笑みと共に返した。

花嫁のブーケは人気がある。ましてや、王子様を射止めた花嫁のものならなおさらだ。先に訪れた友人たちにも、自分のところにとせがまれている。みんな考えることは同じであることがおかしくて、アリシアは唇を綻ばせた。

エレナの退室後、母に連れられて控え室を出る。

ドアを開けてすぐの場所で準備が終わるのを兄と待っていた父も、やはり泣きそうな顔だ。

そしてアリシアが声をかけるや否や、母以上に泣き出してしまうのだった。

ごく親しい人々の前で永遠の愛を誓い合い、指輪の交換も済ませた花婿と花嫁は教会内から出る為にそっと腕を絡ませる。

結婚指輪にはまる石も、もちろん真紅のルビーだ。

白い婚礼衣装の中に、鮮やかな赤が輝いていた。

「ベリルローズ公爵閣下」

教会から外へ出ようかというその時、ドアの前に立つハンスが声をかける。名を呼ばれたカイルが足を止めれば、ハンスは深々と頭を下げた。

「どうか僕の幼馴染みを末永くよろしくお願いします。自分の思い込みで行動するきらいはあれど、とても優しくて明るい子ですから」

「ハンス、」

アリシアは何か言おうとして、けれど何も言えなかった。そもそもハンスはカイルに声をかけたのだ。そこにアリシアが言葉を返すのは違うのかもしれない。

カイルを見上げると、アリシアを安心させるよう頷いてから口を開く。

「もちろん、世界でいちばん幸せなお姫様にしてみせるよ」

「お願いします」

ハンスはもう一度頭を下げた。カイルが差し出した右手としっかりと握手を交わし、アリシアに視線を向ける。

真っすぐな視線から目を逸らさずに受け止め、どちらともなく笑みが浮かんだ。

まさか一生に一度の着飾った姿を見せる日が来るなんて思ってもみなくて、少し照れくさい。でも、こうして大人になって行くのだ。

「……幸せにな、アリシア」

「うん。ありがとう、ハンス」

目の端に滲《にじ》んだ涙を、胸ポケットに差していた白いハンカチでカイルがそっと拭ってくれる。ありがとうとお礼を告げ、ハンスが開けてくれたドアから二人でゆっくりと外に出た。

白い絨毯の敷かれたバージンロードの両側には、笑顔を浮かべたハプスグラネダ領の人々が並んでいる。夫婦となったばかりの二人に向け、手に持った籠に山と積まれた花びらを惜しみなく舞い上がらせた。

澄み渡る青い空を背景に、祝福の言葉と共に風に舞う色とりどりの花びらは夢のように綺麗だった。

きっと一生、忘れることはないだろう。

「愛してるよ、俺のお姫様」

カイルに横抱きにされ、教会から続く石畳の階段を下りる。

落ちないようカイルの首に両腕で縋りつき、アリシアも耳元に囁いた。

「ずっと私だけの王子様でいてね、私の愛しい王子様」

そうして唇を重ね合わせれば、一際高い歓声が上がる。

一緒に、幸せになりたい。

ささやかで、とても大切な願いを込めて、アリシアは笑顔で手にしたブーケを高く投げた。


貴族同士の婚姻と言っても贅を尽くした豪華なものではなく、非常に慎ましやかなものではあった。けれど良い結婚式だったと参列した人々は口を揃えた。

幸せそうに寄り添う花婿と花嫁の姿を一目でも見る為に大勢の人々がお祝いに駆けつけ、教会を中心に溢れた笑顔と惜しみない祝福の言葉は式が終わった後もなお、しばらくの間絶えることがなかったという。

そして、結婚を機にベリルローズ公爵という地位と家名を新たに授かった花婿の身分が第三王子だった為、この日の為に王都から国王夫妻がやって来ていた。

些《いささ》か場に不似合いな厳かな雰囲気を出しつつも、花婿側の親族として鎮座していたこともまた、結婚式にまつわる語り草の一つとなった。


ベッドの真ん中に座ったアリシアは肩からすっぽりとシーツに包まり、部屋の中を見回した。

この部屋に入るのは、二人で夜会を抜け出した時以来の約三か月振りだ。もっとも、あの時は部屋の中をゆっくりと見る余裕なんてなかったから、何がどう変わったのかよく分からない。

けれどカイルの私室から夫婦の私室になったからだろうか。以前は青や黒でまとめたシックな印象だった覚えのある内装が、生成り色を基調にした柔らかな色合いに変わっている。十分大きかったベッドも、お姫様が眠るような天蓋つきのさらに豪華なものになっていた。

部屋の奥にある扉の向こうから水が流れる音がしている。やがて音が止んだかと思えば少しの間を空けてドアが開く音が聞こえて来た。

反射的にそちらを見やったアリシアの頬が染まる。先に湯浴みを済ませた身体が、別の意味で火照りはじめた。

俯いたところで恥ずかしくて真っ赤になった顔を隠し切れてはいないだろう。

それでも顔を伏せていると、足音と人の気配は構わずに近づいて来る。視線が合わずとも、湯浴みを終えたカイルがベッドに上がったのだと分かる。広いベッドのスプリングがわずかに沈んだ。

カイルは近くへ来ると結婚指輪にしては珍しい、紅い宝石が光る指輪をはめたアリシアの左手を取ってその唇を寄せた。

「お待たせ」

カイルの一挙手一投足にアリシアの胸が高鳴る。

本当に、自分はどうしようもないくらい彼が好きなのだと改めて実感した。

「あの、……カイル」

「ん？」

アリシアはいちばん最初に言いたいことがあった。今しか言う機会がないとカイルの名を呼び、目が合うとぺこりと頭を下げる。

めるとカイルは額を合わせ、壊れ物のようにアリシアの頬を両手で包み込んだ。

その左手の薬指にも、アリシアがはめているものより石は小さいけれど、紅い石が光る指輪がはめられていた。

「こちらこそ末永くよろしくお願いします」

目を合わせたまま笑い、どちらからともなく唇を寄せる。

最初は軽く重ね合わせるだけだった口づけが、けれどすぐに互いを求めて深くなって行く。

アリシアはカイルの首に両手を回して抱きつきたい気持ちを堪《こら》え、強くシーツを掴んだ。

「良く見せて」

バスルームから戻った時にアリシアが着ていたはずのバスローブは、綺麗に畳んでサイドテーブルの上に置かれている。それはつまり、今のアリシアは別のものを身につけている、あるいは何も身につけていないことを物語っていた。

カイルの言葉に、胸の前で合わせたシーツを掴む手に思わず力がこもる。

本当はバスローブの下に着るつもりだったのだ。

けれどシーツからカイルの匂いがしたから。

アリシアの好きな白いマントに包まれているみたいだったから。

バスローブには袖を通さず、そのままシーツに包まることを選んだ。

「それとも、俺がシーツをはだいた方がいい？」

アリシアは首を振り、ウエディングベールの飾りにも使っていた、布で作られた青い薔薇と苺にレースを組み合わせたコサージュのピンを外した。コサージュをバスローブの上に置き、躊躇《ためら》いがちにシーツを左右に開く。

すでに一度身体を繋げてはいても、夫婦という形になって迎える初めての夜なのだ。ベッドの上でも可愛らしいドレスを着てみたかった。

メレンゲのようにふわふわと広がる、白いシフォン素材のベビードールは大胆に肩が開いた襟ぐりとパフスリーブの袖口、裾を縁取ったレースには赤く細いリボンが通されていた。まろやかなふくらみを強調するようにギャザーを寄せた胸の真下は太めの赤いリボンが巻かれ、可愛らしいアクセントになっている。

こういう時、下着はどうしたらいいのか分からなかった。けれどお揃いのデザインが用意されていたのはショーツだけだった為、そういうものなのだと思って違うデザインになるコルセットはつけなかった。

ベビードールの裾がやや短く、座っていても足のつけ根辺りの布地が普通に見えてしまっている。自分で着ると決めたのに、やはり見られているのは落ち着かない。胸と足のつけ根を手で覆い隠していると、カイルに両手首を掴まれて引き離された。

「たくさんの生クリームで飾った、苺のショートケーキみたいだ」

十分見えているはずなのに、カイルは「もっと良く見せて」と膝立ちになるよう促す。おずおずと従った、湯上りと羞恥とでほんのりと上気した身体を上から下まで何度も見やった。

ベビードールの下から、淡いピンク色の先端がうっすらと透けている。カイルが親指の腹を使って優しく撫でれば、すぐに指先が敏感な反応を示す乳首を捉えた。

「あんっ！」

指先で軽く引っかかれているだけなのに、その度にきめの細かな布地にこすられて背筋がぞくぞくする。

逃げられないように背中に手が回され、完全に硬く尖った先端が布地ごと口に含まれた。

カイルの唾液で貼りついた布地の感触がくすぐったいと同時にもどかしい。ベビードール越しに強めに噛まれると痺れるような感覚が通り抜けて行く。

「あ……っ、はぁっ、あ……」

無意識に揺れる腰がカイルの腰に当たると、ショーツの中がすでに濡れそぼっていることに気がついた。そして……濡れた布地越しに、雄々しく屹立しているものの存在も感じる。

熱い欲情の昂りを受け、アリシアは歓喜に身体を震わせた。

カイルも、アリシアを欲しいと思ってくれているのだ。

「ごめん、もちろん優しくするけど、もう早く抱きたい」

ベッドに寝かされ、どこか急いた手つきでベビードールを脱がされた。

ひどく中途半端に愛撫を与えられたふくらみは、期待に弾みながら先端を濃く色づかせている。

それはアリシアも早く抱かれたいと言っているようで、そして早く抱かれたいのはまぎれもない事実だったから目を伏せた。

「あ……っ、ん……」

直に触れられて、それだけで甘い声が上がる。

下から掬い上げるようにそっと寄せたふくらみを、その細い身体からは意外にも思える大きさや柔らかさを確かめるよう揺らされた。

乳首にも触れて欲しいのに、一目で見て取れるほど硬く尖って、カイルに触れて欲しいとねだるそれに気づかないはずもないのに触れてはくれない。

やっと指先が伸びたかと思えば、ピンク色の周囲を悪戯になぞるだけだ。

あまりにも焦らされてカイルの指に自分から押し当ててしまいそうになる。でもそんなことができるはずもなくて、アリシアの目に涙が潤んだ。

触れて欲しい。

今日から〝アリシア・ベリルローズ〟となった身体に、〝カイル・ベリルローズ〟にたくさん触れて欲しかった。

「アリシア泣かないの」

「……だって」

「ここ、触って欲しいの？」

「ひあぁんっ！」

ふいに指先で乳首を弾かれて腰が跳ねた。途端に甘やかな痺れが全身を駆け抜けて行く。小さな場所にもたらされたささやかな刺激が、大きな快楽となってアリシアを震わせた。

「本当に、俺のお嫁さんは可愛いね」

カイルは乳首に口づけるとそのまま口に含んだ。反対側も指でつまんで舌と指で同じように転がし、押し潰す。

待ち望んでいた愛撫を受け、アリシアは甘い嬌声をあげた。ふとした弾みで身体が蕩《とろ》けてしまいそうでシーツを握りしめる。

それでも腰が跳ねてしまうのは抑えられなかった。

もっとたくさん、触れて欲しい。

アリシアがカイルを求める気持ちに歯止めが効かなくなりつつあった。

次にカイルはショーツの紐を唇で挟み、解《ほど》いた。そうして左右の紐が解《ほど》かれれば、紐を咥えたままショーツを下にずらされてしまう。

「や……。恥ずかし……から……だめ……っ」

最も秘められた部分が、少しずつカイルの眼前に曝け出されて行っているのを感じて、アリシアは羞恥にきつく目を閉じる。カイルはアリシアの腰を持ち上げ、そのまま引っ張って抜き取った。

蜜が糸を引いてしまっていたのか、ショーツを抜き取られる時に一筋の細い雫が足のつけ根へ垂れたようだ。

快楽と羞恥で火照る肌に、それはやけに冷たく感じられた。

「蕩けきって可愛いね」

「言っちゃ、やだぁ……」

「すごく可愛いよ」

隠すもののなくなった場所を指先で押し開かれ、まるで朝露に濡れる薔薇の蕾のような敏感な突起に舌先が触れる。途端にアリシアはびくりと腰をのけぞらせた。

「あんっ、あ……っ！」

こんな恥ずかしい場所を、王子様が「可愛い」と舐めしゃぶっているなんて信じられない。

アリシアの反応も良いからか、カイルは頂上で蜜に塗れてパールピンクに輝く蕾が特にお気に入りのようだった。包皮から剥き出しにされ、よりいっそう過敏になったそこを蜜で濡れた舌先で突いては舐めあげる。

「あっ……！　あんんっ！」

快楽に浸る間もなく、指が侵入して来た。

湿った水音を立てながら中を探り、アリシアの中のざらついた部分を強くこする。

気持ち、いい。

身体を繋げる行為は今のところあの夜会の日が最初の最後で、あれからは約三か月が経っている。まだ完全にカイルに馴染んでいない蜜壷は若干の固さを残してはいるけれど、受け入れるべき相手が誰なのか、ちゃんと理解はしていた。

何度も出し入れされるカイルの指をすぐに覚え、一本じゃ足りないと貪欲にねだる。

「もう一本欲しいの？」

ぎこちなく揺れる腰に気がつき、カイルがこの場には似つかわしくない王子様の笑みを浮かべてみせた。恥ずかしい欲望を見抜かれ、身体を強張らせるアリシアに中指を押し当てて焦らす。

「可愛い声でおねだりしてみて」

「や……。意地悪、しないで……」

「意地悪じゃないよ。アリシアの可愛い声でおねだりして欲しいっていうお願いをしてるだけ」

そんな言い方をされたら逆らえない。

アリシアは再び涙で瞳を潤ませ、小さな声でそれをねだる。

「指……っ、もっと、欲しいの……」

「良く言えました、可愛いね」

額に口づけを落とされ、欲しいと正直に言ったものが与えられた。次の瞬間、アリシアは大きく背中をのけぞらせて悲鳴にも似た泣き声をあげる。

「ひあ……っ！　あぁんっ！」

新たに差し込まれた指は一本ではなかった。

おそらくは「もっと欲しい」と言ってしまったからだ。

そんなことは屁理屈だと思うけれど、アリシアの中はカイルの人差し指だけでなく薬指をも飲み込んでしまう。

「苦しくない？」

自分で三本も咥えさせておきながらカイルは心配そうに尋ねる。宥めて安心させるように左手は腰から下腹部にかけて、まだ少女らしさを残してどこか頼りなさげなラインをなぞった。

ゆるゆると指を出し入れしては親指で頂上の蕾を優しく弾く。

ざらついた場所に指先が当たる度にアリシアは切ない啼き声をあげ、白みを帯びて泡立った蜜でカイルの指を汚した。

「も、いや……。へんに、なっちゃ……っ、あぁ……っ！」

「いいよ、へんになって」

アリシアを追い立てるよう、カイルは唇でパールピンクの蕾を扱く。敏感な部分を攻め込まれた仕返しとばかりに、アリシアの中はうごめいてカイルの指をきゅうっと締めつけた。

身体を重ねた経験自体は二回しかなくても、アリシアを襲う「へんになっちゃう」感覚はすでにもう何度も経験しているから分かってしまう。

自分が、達してしまうのだと。

「私っ、また……っ！　あんっ、あっ、あぁ――っ！」

快楽に震える身体から指が引き抜かれた。

自分の身体の中にカイルがいないことがひどく寂しい。けれど自らもガウンを脱いだカイルに腰を支えられると、求める気持ちとは裏腹に身体を強張らせてしまう。

カイルを受け入れるのもこれで二回目の身体は、約三か月振りということもあってまだ閉ざされている。その指でじっくりと慣らされ、頭では分かっていても、太く硬い侵入者への怯えは抜け切れてはいなかった。

「いい子だから、力を抜いていて」

額に口づけを落とされ、小さく頷く。

大きく開かれた足の中央に、熱く硬い杭が押し当てられる。狙いを定めるとアリシアの中から溢れた蜜でぬかるみ、わずかに綻ぶ場所へ少しずつ進めて行った。

貫かれて行くことに痛みは感じるけれど、前ほどじゃない。

それは正常なことなのかどうか、やはり自分では判断することはできなくても、痛みを感じさせないようにカイルが優しくしてくれているのだ。それでいいと思った。

こつん、と奥に何かが当たったような感覚がする。そしてカイルの動きが止まった。

「あ……。全部、はい、った……？」

「うん。一つになってるよ」

緩慢な呼吸を繰り返しながら尋ねると、膝の裏を支えられて足を折りたたむような形にされた。

下腹部をいっぱいに満たす圧迫感を覚えてわずかに目線を下げれば、自分の足のつけ根がカイルのそれと隙間なく触れ合っているのが見えた。

「ふ……ぅ、ん、あ……っ」

恥ずかしくて目を背けたいのに、そのあまりにも淫靡な光景に魅入られてしまったかのように逸らせなかった。

カイルが動けば、アリシアを串刺しにするその剛直が中を抜き差ししているところすら見えてしまう。自らの柔らかな場所を蹂躙する凶器の姿に心臓が早鐘を打った。

「や、ぁ……」

指を受け入れていた時とは比較にならないほどの大きな水音が響き渡る。

当たり前のように敏感な箇所を突かれ、奥深くまで穿たれた。

「アリシア、痛くない？」

「痛い、のより……っ、怖いの、ぎゅってして……」

「ん、怖がらせてごめんね」

繋がったまま強く抱きしめられ、アリシアは首を振った。カイルの背に両手を回し、離れてしまわないように精一杯しがみつく。

アリシアはそれで良くても、カイルには逆につらい状況にさせてしまっているのだと思う。

でも、今だけは甘えさせて欲しい。

「愛してるよ」

唇を塞がれれば、自分から口を開いて舌を差し出す。すぐに絡み合う熱い舌先がアリシアの下腹部にも、じんわりとした熱を灯した。

「好き……。私の。私だけの、王子様……」

カイルに愛されていて、何よりも、アリシアもカイルを愛している。

想いを伝える手段が一つ増えたことは、アリシアをいっぱいの幸福感で満たした。

手段がどれだけあったって全部は伝え切れない。それでも後から後から、アリシアを急き《せ》立てるようにとめどなく溢れて来るから、伝えて行かないと切ない気持ちばかりが膨らんで壊れてしまう。

「も……大、丈夫……だから」

──動いて。

声にならない囁きは届いただろうか。

空気を求めて口を開けると、奥へと深く突き入れられて逆に押し出されてしまった。

「──じゃあ、また動くから……」

「あっ、ん、あ……っ！」

柔らかく開かれはじめた身体は快楽をもたらし、アリシアは啼き声をあげた。

切ない。

でも、離れたくない。

カイルの律動がだんだん早く、激しくなる。その動きに合わせてアリシアの膝から先がなすがままに揺れた。

あっという間に、底のない快楽の海へと無防備な状態で投げ込まれる。

「ふあぁっ……！　そこっ、ん、だめ……っ！」

「アリシア、すごい……きゅって、締めつけてる」

「言わな……で……。あ、ぁ……っ」

身体を繋げた日から三か月経っていても、アリシアは自分の中にある敏感な場所を忘れてなどいなかった。指でこすりあげられても達してしまった場所をカイルの剛直で容赦なくこすられ、悲鳴に似た啼き声をあげることしかできない。

いやいやと首を振り、強すぎる快楽から逃げようとする。

その両手首がカイルによってベッドに抑えつけられた。

「ひ、あ……っ！　いや、あっ、あ……っ。あ、あぁ……っ！」

「逃げないで」

「手……繋いで……。繋ぎ……たい、の……」

逃れられないのなら、せめてカイルに縋りつきたい。手を繋ぎたくて懸命になっていると指を絡められた。

快楽に溺れるアリシアはすぐさま強く握り返す。

このまま深い底へ沈んでしまったっていい。

愛しい人が、この手を離さずにどこまでも一緒に沈んでくれるのならば幸せだ。

「あっ、ぁ、きちゃ、ぅ……っ。ふ、あ……あ……っ！」

揺さぶられて奥を穿たれると切なさがとめどなく込み上げて来る。快楽の海に沈んでいた身体が、今度は絶頂の頂きへ押し上げられようとしていた。

繋ぐ指に力がこもる。

――一緒に、いきたい。

「アリシア……全部、受け止めて」

「んっ、あ、あぁあん……っ！」

一際大きく背中をのけぞらせるアリシアの胎内に、どくどくと熱い塊が幾度も叩きつけられた。

ただ気持ちを伝え合う為に身体を繋げた三か月前とは違って、今はもう一つの――それこそが本来の役割だが――意味がある。

カイルは、できれば子供は四人以上欲しいと言っていた。

その願望をアリシアはどこまで叶えてあげられるかは分からないけれど、体奥で受け止めてカイルの頬を両手で包み込む。

「愛してる……。私だけの、王子様」

荒い呼吸を繰り返す唇をそっと塞ぐと、アリシアは優しく微笑んで見せた。

するとカイルもまたアリシアの頬を包んで唇を啄む。

「俺も愛してるよ。俺だけの可愛いお姫様」

深い口づけを交わせば、これで本当に名実ともにカイルのお嫁さんになれたような気がした。


花嫁が大切に育てており、これからは夫婦で育てて行くことになる苺の花言葉は【先見の明】と【尊敬と愛情】、それから――【幸福な家庭】。

初恋の苗を植え、七年もの年月をかけて甘酸っぱい果実を実らせた二人は間違いなく幸福な家庭を築くに違いないと、見守る人々は思ったという。

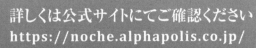

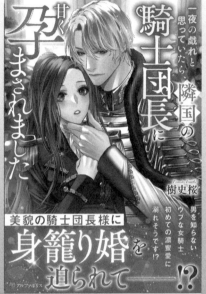

この作品に対する皆様のご意見・ご感想をお待ちしております。

おハガキ・お手紙は以下の宛先にお送りください。

【宛先】

〒150-6008 東京都渋谷区恵比寿4-20-3 恵比寿ｶﾞｰﾃﾞﾝﾌﾟﾚｲｽﾀﾜｰ８Ｆ
（株）アルファポリス　書籍感想係

メールフォームでのご意見・ご感想は右のＱＲコードから、
あるいは以下のワードで検索をかけてください。

アルファポリス　書籍の感想　検索

ご感想はこちらから

本書は、「アルファポリス」（https://www.alphapolis.co.jp/）に掲載されていたものを、
改題、改稿、加筆のうえ、書籍化したものです。

私《わたし》を忘《わす》れたはずの王《おう》子《じ》様《さま》に
身《み》分《ぶん》差《さ》溺愛《できあい》されています

瀬月ゆな（せづきゆな）

2023年 11月 25日初版発行

編集－本丸菜々
編集長－倉持真理
発行者－梶本雄介
発行所－株式会社アルファポリス
〒150-6008 東京都渋谷区恵比寿4-20-3 恵比寿ｶﾞｰﾃﾞﾝﾌﾟﾚｲｽﾀﾜｰ8F
TEL 03-6277-1601（営業） 03-6277-1602（編集）
URL https://www.alphapolis.co.jp/
発売元－株式会社星雲社（共同出版社・流通責任出版社）
〒112-0005 東京都文京区水道1-3-30
TEL 03-3868-3275
装丁イラスト－みずきひわ
装丁デザイン－AFTERGLOW
（レーベルフォーマットデザイン―ansyyqdesign）
印刷－中央精版印刷株式会社

価格はカバーに表示されてあります。

落丁乱丁の場合はアルファポリスまでご連絡ください。

送料は小社負担でお取り替えします。


ISBN978-4-434-32924-1 C0093